D1987322

SV

Reinhold Batberger

SKALP

Suhrkamp Verlag

Erste Auflage 1987
© Suhrkamp Verlag Frankfurt am Main 1987
Alle Rechte vorbehalten
Druck: Wilhelm Röck, Weinsberg
Printed in Germany

Nichts, worauf Rücksicht zu nehmen ist.

ERSTER SKALP

Das Büro haben wir von Altmann & Brower mieten lassen, um dort zu sterben. Meine Schwester wohnte seit drei Jahren in diesem Büro. Eines Tages kam ich an; sie öffnete die Tür. Wir schauten uns an; dann schaute ich auf die Erde. »Wirst du noch verfolgt?« sagte meine Schwester. »Ja«, sagte ich, »die Verwirrung hat ein Ende. Aber sie werden uns hassen.« »Wer soll uns hassen«, sagte meine Schwester, »es wird keiner da sein, der haßt.« Ich schaute ihr auf den Mund. »Wenn du bleibst«, sagte sie, »dann für immer. Und wage es nicht, dich zu erinnern.« »Wie sollte ich«, sagte ich, »ohne Kopfhaut.«

Verfolgt wurde ich keineswegs. Wenigstens seit kurzem nicht mehr. Eine andere Begrüßung hatte ich schon erwartet. Immerhin ist es fünfzehn Jahre her, als wir beschlossen, ein Büro zu mieten, und drei Jahre, nachdem meine Schwester das Büro hatte mieten lassen für uns. Drei Jahre, so lange brauchte ich für die Reise am Fluß entlang. Auf die zurückgelegte Strecke bin ich nicht gerade stolz, auch nicht auf das Tempo. Lorbas Brower hatte mich auf jeden Fall in kürzester Zeit aufgespürt nach dem Einzug meiner Schwester ins Büro. Aber der Schluß wäre falsch, Brower hätte mich verfolgt. Obwohl er zum zweiten Mal hinter mir stand. Jonny Altmann, der letzte Liebhaber meiner Schwester, hatte wie üblich seinen Compagnon Lorbas Brower vorgeschickt. Brower entdeckte mich nach vierzig Tagen und ebenso vielen Nächten, als ich um das Bürohaus schlich. Am Osthafen, nach Sonnenaufgang. Ich kratzte mit einer öligen Bauklammer einen Strich neben die Eingangstür. »Einundvierzig«, sagte Brower, »und der Tag ist noch nicht einmal zuende. Jonny sagt, es wird Zeit, daß du kommst, bevor diese Bruchbude einstürzt.« In Wirklichkeit hatte Altmann allenfalls Angst vor Sachbeschädigung. Ich wunderte mich; die Angestellten von »Egyptian Import/Export« trafen erst lange nach Sonnenaufgang ein. Für mich gehörten alle Firmen in diesem Bürohaus zu »Egyptian Import/Export«, was auch immer dort importiert oder exportiert wurde. Das war also unwichtig; für mich zählte das siebte Stockwerk, dort wohnte meine Schwester, ganz oben. Lorbas Brower hauchte mir in den Nacken. Vor drei Jahren hustete er mich an, ebenfalls von hinten, die Spucke flog mir nur so um die Ohren. Es dauerte, bis ich es wagte, mich umzudrehen. Brower, im Boxermantel, hauchte mich jetzt von vorne an. Außen violett, innen golden, der Boxermantel. Daran erkannte ich Brower. »Gehen Sie schon«, sagte er, »Ihre Schwester erwartet Sie.« Brower hatte noch weniger Ahnung, als ich dachte. Wenn er der war, für den ich ihn hielt, wußte er allerdings besser Bescheid, als es bei der Geheimniskrämerei von Altmann zu erwarten war. Ich habe meine Quellen. In der Anwaltskanzlei Altmann & Brower wurde die Arbeit von Lorbas Brower gemacht, die Dreckarbeit. Dieser Dreckarbeit verdankte die Kanzlei ihr Renommee. Altmann trug die weiße Weste. Es war keineswegs sicher, ob nicht dieses Bürohaus Altmann gehörte; dann konnte er es abschreiben, seit meine Schwester dort eingezogen war.

Dann wird es wohl nichts mit dem geplanten Abriß. Aber Altmann saß auf genügend Abrißhäusern und zahlte wahrscheinlich ganz gern den Preis für meine Schwester. Ihr Auftrag war jedenfalls, auch in meinem Namen, ein Büro mieten zu lassen. Brower straffte mit den Fäusten seinen Boxermantel, bevor er verschwand. Hatte wohl getan, was getan werden mußte.

Unschlüssig stand ich da, mit der Bauklammer in der Hand. Zuerst beugte ich mich zum Türschloß. Nichts zu sehen. Dann aber hakte ich mit der Bauklammer in den Türschlitz und zog an. Die Tür war offen. Trotzdem schien es ratsam, den ersten Angestellten von »Egyptian Import/Export« vorgehen zu lassen, falls einer kam. Wenn es kein Sonntag war oder Feiertag oder irgendein arbeitsfreier Tag. Ein bißchen Zeit mehr für meine Schwester, mich vom siebten Stock herunter aufzuspüren. Damit sie nicht zu sehr erschrak, nach all der Zeit. Vielleicht hatte sie mich schon gesehen, so großartig sind die Verstecke nicht am Osthafen. Die ehemaligen Lager heruntergerissen bis auf die Grundmauern. Ein paar verrostete Kräne. Jeder Grashüpfer mußte zu sehen sein von dort oben. Unten jedenfalls entgingen sie mir nicht, als man Grashüpfer noch essen konnte. Ein grünes Tier im braunen Gras. Braunes Gras wuchs aus den Betonquadern, die den Kränen als Ballast dienten. Verrostete Behälter und Geräte. Ich sollte mich lieber von der Tür des Bürohauses entfernen, damit nicht plötzlich wieder jemand hinter mir steht. Und dieses verwitterte Haus ist von fast jedem Punkt aus im Auge zu behalten. Doch jetzt fiel mir die frühere Verfolgung wieder ein, peinlich genug. Kurz nach der Trennung von meiner Schwester brach sie über mich herein, die Verfolgung. Bevor ich den Verfolger preisgebe, zwei Beispiele aus dem Leben: ich sitze beim Morgenkaffee oder bei einem Abendimbiß, von Zeit zu Zeit wurde ich eingeladen, plaudere über dies oder das, als ich noch plauderte, der Verfolger war fast aus dem Sinn, da sagt der Gastgeber oder die Gastgeberin zu mir: »Dort sitzt einer, der sieht aus wie du, erschrick nicht«, oder: »Gleich kommt Besuch, keine Angst, er sieht dir etwas ähnlich.« Ähnlich. Als ob ich mir ähnlich sähe. Ich will auf diesem wunden Punkt nicht herumreiten. Die Mitmenschen hatten sich offenbar daran gewöhnt, an meinen Verfolger; für mich war es eine klare, überdeutliche Tatsache. Eine beruhigende Tatsache, brachte aber keinen Nutzen. Es ist vorbei. Ein Motiv, mehr nicht. Ein Motiv, das fängt ja gut an heute morgen. Die Vorgeschichten abschließen, alle. Über .diesen Vorgeschichten könnte man geradezu die nächste Umgebung vergessen. Aber das ist ja der Sinn der Sache. Den Osthafen, den niemand nutzt. Für Schiffe wenigstens wäre das Wasser brauchbar. Egal wie das Wasser ist, sie schwimmen darauf. Wie dieser Schelch, den ich jüngst aus dem Fluß zog. Ich legte ihn trocken und bestrich ihn innen und außen mit schwarzem Öl. Pech wäre besser gewesen, aber in der Kanne war nun mal kein Pech.

Wir trennten uns, als meine Schwester schwanger war. Die Schwangerschaft hat nichts mit der Trennung zu tun. Aber wer weiß schon den genauen Grund bei all diesen Vorgeschichten. Es war Zeit. Meine Schwester flog in die Vereinigten Staaten. Das also war ihr Motiv; mein Motiv ist bekannt. Ab jetzt aber ohne jedes Motiv. Unser Sohn kam in das verbrecherische Internat. Meine Schwester machte sich an Phil Spector heran, ich weiß nicht wie. Ich weiß auch nicht, ob es in Philadelphia war. Trug sich mit der Hoffnung, ein Superstar zu werden. Sie wurde jedoch Phil Spectors Sekretärin, sagt Brower. Er behauptete bei unserem ersten Zusammentreffen vor drei Jahren am Flußufer, meine Schwester habe Songtexte für Phil Spectors Superstars geschrieben. Was Brower unter einem Superstar versteht. Aber jemandem, der sich die linke Hand abhackt beim Holzhakken, ist dem zu trauen? In jedem Punkt? Übrigens sieht man diesen Verlust nicht, die Ärmel seines Boxermantels sind lang genug, um Armstumpf oder Hand zu verdecken. Je nachdem, ob er links oder rechts getragen wird. Mit einem Wort, meine Schwester ging baden. Sie jenseits des Großen Teiches, ich diesseits. Was für ein ergreifender Gesprächsstoff.

Niemand kam. Immer noch vor der unverschlossenen Tür. Keine bessere Laune, wenn ich daran denke, was meine Schwester in den Vereinigten Staaten so trieb. Mein Schlaf war nicht der beste in der letzten Nacht. In einer der braunen Grasmulden am Ufer, die Steine waren herausgebrochen. Es gab viele dieser Mulden, die Auswahl erfolgt je nach Laune und Jahreszeit. Je schlechter die Laune, desto schlechter die Mulde und desto mieser der Schlaf. Am Morgen mit dem rechten Fuß im Wasser. Auf dem Bauch in einem zu engen Bett und ein gefühlloser Fuß. Die Grasmulden nicht zu verwechseln mit den Mulden, die ich selber grub. Grub man nur tief genug, konnte man die Erde essen. Aber nie beschädigte ich das befestigte Ufer. Obwohl auch das nichts geschadet hätte. Als ob nicht wir gewartet hätten, sondern der Osthafen samt Bürohaus und Fluß. Auf zwei, die baden gegangen sind. Es wäre kein Wort zu verlieren, es spielt keine Rolle. Wirklich nicht. Als wir uns liebten; Behauptungen, ich weiß. Das Scheitern, früh und durchsichtig, hat uns frei gemacht. Tröstliche Täuschung. Aber gegen dieses Gefühl komme ich nicht an. Die Geburt unseres Sohnes; das ist mir vielleicht ein schönes Datum. Wir wuchsen am Wasser auf, Trennung, in die weite Welt hinaus, zurück, natürlich nicht zum Ausgangspunkt, sondern ins Büro. Osthafen. Vorgeschichten, die verschwiegen werden könnten.

Vor drei Jahren hatte meine Schwester Altmann auf einem Schiff kennengelernt. Vielleicht auf der Rückreise, denn geflogen ist sie nicht. Seine Bedingungen waren finster, aber nicht finster genug, meine Schwester nahm sie offensichtlich an. Geld besaß sie, damals jedenfalls. Nicht, was sie wollte, ich sprach davon. Viel konnte ich aus Lorbas Brower nicht herauskriegen. Aber wollte ich es denn genau wissen? Ich wollte es nicht. Ich wollte möglichst gar nichts wissen. Aber es war nicht möglich. Ich lebte damals schon lange am Fluß, ich hatte Zeit. Davor hatte ich keine Zeit. Mein Ziel nach der Trennung war es durchaus, an Geld zu kommen. Und zwar in kürzester Zeit an möglichst viel Geld. Also ein einleuchtendes, stupides Ziel; aber auch ein Ansporn für Leib, Geist und Seele, so erschien es mir. Dazu war der Kopf nötig, und der lag brach. Besetzt von einer Schar räudiger Geister. Oder Gespenster, falls man sie hätte fürchten können. Besetzt vom Irren von Flemalle zum Beispiel, mit seiner heiligen Zerstörung der Menschenkörper. Da ist offenbar was zu lernen angesichts zerstörter Menschenkörper. Wahrscheinlich aber nicht. Innen hui und außen pfui. Ich habe sehr rasch verlernt, was gelernt werden mußte, möglichst rasch.

Ich bereiste Abtreibungskliniken und kaufte die toten Embryos auf. Verkaufte sie weiter an forschungshungrige Institute. Zum Schluß wickelte ich nur noch die Verhandlungen ab und sorgte dafür, daß der Laden lief. Der Laden lief wie geschmiert. Ich stieg zu früh aus. Weiß Gott, der Bedarf nach Embryos wuchs. Soviele waren kaum heranzuschaffen, wie die berühmte Nachfrage herunterschlingen wollte. Wahrscheinlich verkauften die forschungshungrigen Institute nach vollbrachter Forschung die Reste als Hundefutter. Wie schließlich die Hunde selbst. Fehlt noch, daß wir die Hunde verspeisen. Das nennt man einen natürlichen Kreislauf. So muß es gewesen sein; Irrtum eingeschlossen. Ich war beliebt bei den Menschen in jener Zeit. Bei den Menschen wenigstens, mit denen ich zu tun hatte. Unermüdliche Arbeit für

Forschung, Geist, Wohlergehen und alles gleichzeitig. Keine Werbung, geringes Bestechungskapital. Ich war zu lieben, und die Menschen verstanden die Zeichen meiner Ausstattung. Da war nichts, was die Schwester auslöschte, Liebe hin oder her. Und wenn keine Liebe, dann immer noch besser als das Folgende. Dann schadet auch das Wort Liebe nicht mehr. Das Geld zerrann; möglicherweise eine Folge der Einladungen zum Morgenkaffee und Abendessen. Die zahlte ich nicht, aber wohl die Folgen. Trotzdem ist mir nicht ganz klar, wie und wo das Geld versickerte. Zerrann und versickerte. Ich stand mitten im Leben; das war es wert.

So bezahlt Jonny Altmann, unter den Argusaugen von Lorbas Brower, meine Schwester und nolens volens auch mich. Browers Herumstänkern und Meckern über diese Art Unkosten wird von uns als Gegenleistung erwartet. Und Brower tut uns diesen Gefallen. Führt er sich nicht allzu wild auf, läßt sich alles auf seine abgehackte Hand schieben, wo immer sie verblieb. Es braucht also niemand nachzuprüfen, auf welche Weise das Geld meiner Schwester in die Hände Altmanns gefallen ist.

Ich breche die Vorgeschichte jetzt ab. Ich breche übrigens alle Vorgeschichten ab. Als ich noch mitten im Leben stand. Und versessen aufs Ende. In der Gegenwart findet statt, was vorauszusehen war. Was also, im Gegensatz zu den nicht berichteten Vorgeschichten, zu erwarten ist, ist alles andere als grell.

Einfach, ruhig und ohne Bedeutung. Ich kann nicht sagen, wozu es gut ist. Zu erwarten ist eine ruhige Bewegung unserer unruhigen Körper, Köpfe und Kugelseelen. Sofern es sie überhaupt gibt. Vorgeschichten vor der Tür eines Bürohauses. Anstatt im Gelände des Osthafens den Verstecken auszuweichen. Denk an den Blick der Schwester. So dicht an der Tür sieht sie mich nicht. Verstecke, für die ich mich mit zweifelhaftem Erfolg in Schutt und Dreck legen müßte. Keine Menschenseele traf ein; als wäre der Osthafen plus Becken und Wasserflächen abgeriegelt für die ungestörte Begegnung der Geschwister.

Am Wasser sind wir aufgewachsen in einer natürlichen Unzucht, genügt das? Es genügt nicht. Nicht einmal für meinen Sohn. Es interessiert ihn nicht. Einer meiner Lieblingsgedanken, meinem Sohn, den ich nicht kenne, einige Notizen, fast hätte ich gesagt: zu hinterlassen. Ich nehme das Desinteresse für meinen Sohn zurück, falls er mir etwas hinterlassen hätte. Was nicht zu erwarten ist. Ich habe nicht einmal Lust ihm beizubringen, welches doppelte Glück er hat, einmal ohne mich, zum zweiten ohne Vater aufwachsen zu dürfen. Das wiegt ein verbrecherisches Internat auf. Für Mutterschaft, Mutterglück und Mutterunglück bin ich die falsche Adresse. Ansonsten interessiert mich mein Sohn nicht. Was in fünfzehn Jahren auch immer aus diesem Bündel, auf das einen Blick zu werfen meine Schwester mich gezwungen hat, herausgekrochen ist. Ich lasse nur ungern von diesem Lieblingsgedanken, daß mein nutzloser Sohn meine Notizen durchwühlt. Das Krikkekrake des Notateurs, wie meine Schwester sagt. Und damals setzte ich bloß Buchstaben zusammen. Keine Rede von Notizen. Notateur oder nicht. Bevor wir verschwinden. Inmitten des Unrats, den wir zurücklassen. Notizen von abgebrochenen und verschwiegenen Vorgeschichten, in denen jede Person einmal auftaucht und auf Nimmerwiedersehen verschwindet wie alles Aufgetauchte. In denen allerdings ich mich tummelte, zusammen mit meinem Verfolger, auch wenn ich die meiste Zeit verschlief. In Betten und Grasmulden. Also Flucht aus den Zimmern. Außer Büros, die konnte ich verlassen nach einer festgesetzten Zeit. Oder der Nachtwächter versetzte einem mit rauher Herzlichkeit einen Schlag auf den Kopf. So daß fast zur gleichen Zeit die Schreibtischplatte in die Stirn schlägt, wenn sie kein Arm schützt. Ein Schreibtisch, der einem Telefon dient. Lautlosen Bildschirmen, schnurrenden Rechnern.

Doch selbst die Scham darüber hat keinen Sinn mehr. Obgleich sie mir sehr ans Herz gewachsen war, so wenig sonst ans Herz wuchs. Wie stehe ich da, mit der armseligen Bauklammer; das Schmieröl erleichtert nicht gerade einen festen Griff. Ich lasse die Bauklammer fallen. Bevor Sentimentalität mich übermannt. Der Sentimentalität sind wir immer verfallen, während wir der Banalität ausgewichen sind. Mit zweifelhaftem Mißerfolg. Wir sind am Fluß aufgewachsen; ich sage lieber: am Wasser. Die Schwester und ich betasten uns gegenseitig die Schädel. Die vier

Handflächen, die beiden ungläubigen Handflächen von jedem über der skalpierten Schädeldecke des anderen. Auf den Steinen, am Wasser. Mit der nötigen Verständnislosigkeit. Mit aller ersehnten Verständnislosigkeit. Das Atmen der Steine. Wenn sie Luft holten. Das war nicht gut zu sehen. Das war nicht gut zu hören.

Das Büro

Was habe ich in der Wohnung meiner Schwester verloren? In dieser Bürowohnung von Altmann & Browers Gnaden? Die sie angeblich für uns gemietet haben. Mit dem nötigen Morphiumvorrat, den meine Schwester verwaltet, für alle Fälle. Den meine Schwester vor unserem Entschluß besorgte, ein Büro mieten zu lassen. Kurz vor der Trennung. Den weder sie allein benutzen konnte, noch ich. In diesem Chaos ist der Vorrat verloren, aber er ist da. Das Morphium beruhigt keinen von uns. Vermutlich zersetzt, wenn es meine Schwester seit fünfzehn Jahren mit sich herumschleppt. Das in einem ihrer Verstecke vergammelt neben einer Dose Schnittbohnen.

Ich suchte den Schnappsack. Eile hatte ich wirklich nicht. Der Schwester wollte ich nicht gegenübertreten ohne mein Hab und Gut. Ohne Geschenk, wie unangenehm. Vielleicht nahm sie den Schnappsack. Er lag versteckt am Ufer im Gesträuch, unweit der Hafenbefestigungen, nach dem Ende der Kaimauern im Süden. Eher in einem Bündel schwarzer Stecken. Ein speckiger Schnappsack aus Ochsenleder. Er war leer, leistete aber hie und da gute Dienste. Vor allem angesichts unverhoffter Essensvorräte, meist Essensreste. Ich benutzte den Fahrstuhl. Er tuckerte geräuschvoll nach oben, altes Modell, auf eine lautlose Ankunft war nicht zu hoffen. Auch nicht die leiseste Hoffnung, zwischen einem der Stockwerke stecken zu bleiben an diesem verwünschten Tag. Auf den zweiten Blick entdeckte ich, nach meinem Eintritt in die Bürowohnung meiner Schwester, die beiden Haufen zusammengekippter Dosen, Gläser und Büchsen; wie unter Zwang füllte ich den Schnappsack. Dann bemerkte ich den Irrtum. Zwei Haufen, ein Haufen mit Essensvorräten, der andere Haufen mit dem Abfall. Am Geruch hätte ich die beiden Haufen unterscheiden können, aber die Gier war größer. Unter den Augen der Schwester also den Unrat zurück und vom Berg daneben die schweren gefüllten Büchsen und Gläser in den Sack geschaufelt. Meine Schwester lachte. Ich wußte nicht, was ich eingeschaufelt hatte, ob es ein Schnappsack war, prall mit Bohnenbüchsen und Fleisch und Obst oder zum Beispiel Dosen mit Farbe und Terpentin. Eine Renovierung hatte das Büro bitter nötig. Der verschlissene Linoleumboden war nicht mehr zu retten, ganze Stücke fehlten, hoben sich ab oder waren wie Eselsohren zurückgebogen. Das sah ich trotz der Dämmerung. Wir setzten uns auf den Fußboden. Vor zwei Teller, Eßgeschirr, ein paar geöffnete Dosen, eine Kanne Wasser. Wir aßen und tranken. Meine Schwester sah meinen Blick an die Decke zu den Neonröhren. Die Schwester zeigte mir das Bett. Ein graues Emailbett, ehemals weiß vielleicht. Die Schwester ging in ihr Zimmer. Ich schlief ein.

Erster Tag. Den gestrigen Tag zähle ich nicht als ersten. Ab jetzt weniger sichere Zahlen. Ich gebe mir Mühe; zumindest das ist sicher wie das Amen in der Kirche. Das Büro ist ein einfallsloser Raum, der Grundriß ein Rechteck. Fünfundzwanzig Meter in der Länge und achtzehn Meter in der Breite. Drei Meter und vierzig Zentimeter die Höhe. Nicht mitgerechnet zum Umfang das Treppenhaus mit Treppe, Personenaufzug und einem Lastenaufzug. Dieser ist mit zwei Griffen nach oben und unten vom Büro aus zu öffnen. Daneben ein Seil, denn die jeweilige Last wird mit den Händen hochgezogen und hinabgezogen. In der Mitte der Trennwand von Treppenhaus und Büro eine robuste Holztür. Durch sie tritt man ins Büro, links im Mauerwerk der Lastenaufzug, schräg davor der Blechhaufen übergehend in den Berg mit den Eßvorräten. Rechts von der Tür in der Ecke drei Kabinen; zwei Klosetts und ein Waschbekken, zwei Wasserhähne ohne Wasser. Jetzt die Fensterfront nach Westen, zur Stadt. Wie auf der anderen Seite ein langer Holzkasten, darin die Heizkörper, darüber Glasfenster bis knapp unter die Decke. Das Emailbett, in dem ich die Nacht verbrachte. In der Mitte vor der Fensterfront ein grüner Stoffsessel. In der Ecke das Geäst mit der Schnee-Eule. Jetzt die Mauer im Süden. Davor Schließfächer aus Metall bis in Kopfhöhe. Früher auf einem Bahnhof für Gepäckstücke, heute für das Zeug meiner Schwester. Jetzt die Fensterfront im Osten, Blick auf den verwaisten Binnenhafen. Das Zimmer der Schwester in der Mitte vor der Fensterfront. Ein Glaskasten; das Glas von innen mit Stanniol zugeklebt. Drei Türen in den übrigen Büroraum. Zwischen diesem Zimmer und dem Lastenaufzug am Fenster drei rote Kinosessel am Stück, die Sitze hochgeklappt. Das Gebäude steht nicht genau in der Nord-Süd-Richtung; die Himmelsrichtungen stimmen im Groben. Ich wünschte mir meinen Verfolger zurück.

Die Schwester verließ gestern ihr Zimmer nicht. Vielleicht doch, als ich schlief. Wünschte ich gestern meinen Verfolger zurück, so nur, weil er nicht kommen wird. Ich erwachte heute vom Quietschen des Seils, es lief über eine Messingrolle und einen Meter darunter über eine zweite Messingrolle und verschwand in der Mauer. Wagte nicht, aus den Fenstern zu sehen; nur kurz, einmal zur Stadt, einmal auf den Osthafen, beide Male zuckte ich zurück. Nickte oft ein. Ein Starkstromkabel hing wie ein großes S von der Decke, endete knapp über dem Fußboden. Am Endstück ein Wundpflaster. Mehrere der Schließfächer mit aufgeklappten Türen. Wäsche, Bücher, Kram. In einem der größeren Schließfächer hingen Kleider. In nächster Nähe der Schnee-Eule ein großes Schließfach, die Tür aus den Angeln gerissen, das Nest. Der Kot der Schnee-Eule auf dem Packpapier unter dem Geäst. Die Schnee-Eule mit geschlossenen

Augen. Ich stand auf, ging zum Lastenaufzug und zog die Klappe auseinander. Drinnen ein Paket mit Büchsen, ein vergitterter Korb mit lebenden Mäusen, ein Zwanzigliterkanister mit Wasser. Ich trank einen Schluck. Seit zwei Tagen nur Wasser; das Mahl nach der Ankunft war mir schlecht bekommen. Der Magen rebellierte. Und der Kopf weigerte sich, die Speisen zu behalten. Ich packte die Lebensmittel aus. Sortierte die Büchsen, Dosen, Gläser. Schichtete sie zwischen Bürotür und Lastenaufzug an die Wand. Offenbar keine Fabrikdosen; alle ohne Büchsenöffner aufzureißen, einzudrücken, aufzutwisten. Alle mit aufgeklebten Schildern mit Angabe von Inhalt, Jahr und Monat in Handschrift. Ich stapelte also nicht nur die gleichen Lebensmittel aufeinander und nebeneinander, sondern trennte auch nach den drei Handschriften, die ich unterschied. Noch fehlte der Mut, den Inhalt der einzelnen Behälter zu entziffern. Hatte keinen Zweck auf die Dauer, mich nach meinen Erdlöchern zu sehnen. Genauer, nach einigen der wenigen Erdlöcher, deren Erde ich nicht sofort ausspeien mußte, wenn ich sie aß. Für den Haufen mit den Lebensmitteln auf dem Boden galt das gleiche; entziffern, sortieren, schichten. Lästig war der Weg um den Blech- und Abfallhaufen. Der ganze Schrott schien noch verwendbar, sogar die Einmachgummis der Gläser hatte die Schwester nicht weggeworfen. Die Schwester zeigte sich auch am Abend nicht. Ich nickte ein; ich schreckte hoch. Als sei das Zusammentreffen mit der Schwester zuviel gewesen, fiel mir erst zu diesem Zeitpunkt die graue Baskenmütze auf.

Die Schwester trug sie bei der ersten Begrüßung. Vor fünfzehn Jahren trug sie immer eine Kopfbedeckung; im Bett die Hüte mit schmalen Rändern und Bändern oder Strickmützen, draußen breiträndrige Hüte mit Federn oder ihre Männerhüte. Gleichgültig, was die Mode vorschrieb. Grün, schwarz, grau. Sicherlich quollen zwei oder mehr der Schließfächer über mit Hüten und Mützen. Bei der Begrüßung erwartete ich auf ihrem Kopf die schwarze Skimütze mit der grünen Bommel wie vor ihrem Abflug in die Vereinigten Staaten. Es war aber eine mir unbekannte graue Baskenmütze, und so vergaß ich die Frage der Kopfbedeckungen. Aber mit der grauen Baskenmütze wies sie mich zurecht. Ich trug nie Hüte. Auch keine Kappen. So heftig die Versuchung mich auch überkam. Bei Eiseskälte preßte ich die Ellenbogen an die Schläfen. Direkte Sonnenbestrahlung mied ich. Ein weiterer Grund für meine Erdlöcher. Der Gedanke an eine Hand voll frischer, tief ausgegrabener Erde. Der Schlüssel steckte in der Bürotür, und ich brauchte ihn nur umzudrehen. Ich entlarvte meinen Gedanken sofort als Flucht ohne Verfolger. So standen die Dinge.

Kurz nach Sonnenaufgang öffnete meine Schwester ein Fenster zum Osthafen. Frische Luft. Zum ersten Mal stieg mir der Gestank im Büroraum in die Nase, vom Kot der Schnee-Eule. Bürogestank, frische Luft, Schnee-Eulenkot. Meine Schwester, mit grünem Hut, durchquerte den Raum und beugte sich über mein Bett zu mir herunter. Sie küßte mich zwischen die

Augen auf die Nasenwurzel. In der Hand ein Glas Wasser. Ich trank. Ich fragte mich, warum es im Büro keine Dosen mit »Eis-Wasser« gab bei diesem Dosenberg. Sie wären mir sofort aufgefallen; sie hätten mir auch sofort auffallen müssen, weil sie fehlten. Sogar am Bürohaus klebte ein Plakat von »Eis-Wasser«, allerdings waren die beiden Nixen an den Seiten abgerissen worden. Auf den »Eis-Wasser«-Dosen verschlingen die beiden grünen Nixen sich und ihre Fischschwänze zu einem schwungvollen W. Vorn auf der Dose der Eisberg mit der Matterhornspitze aus dem leuchtenden Blau des Wassers und unterhalb des durchgeschnittenen untergehenden oder aufgehenden roten Sonnenballs in gotischen Lettern: »Eis-Wasser«. Ich fragte meine Schwester, weshalb sie kein »Eis-Wasser« hätte. Sie antwortete, ihr Trinkwasser bezöge sie von Altmann, er hätte Zugang zu einer Privatquelle mit einwandfreiem Trinkwasser. Ich fragte, ob Altmann zu trauen sei. Altmann zu trauen sei Dummheit, sagte meine Schwester, deshalb gehe sie auf Nummer sicher. Sie wisse, wie das »Eis-Wasser« schmecke und stelle jede Geschmacksänderung des Wassers auf der Stelle fest. Im übrigen glaube sie nicht, daß das »Eis-Wasser« geschmolzenes Eis von den Polarzonen sei. Das glaube wohl niemand, der es trinke. Jeden Morgen zögen Altmann oder Brower persönlich die Lebensmittel und das Wasser herauf. Ob ich den Unterschied zwischen diesem Wasser und dem »Eis-Wasser« nicht bemerkt hätte. Ich sagte, ich tränke zu selten »Eis-Wasser«; meist sei es abgestanden, wenn ich die Tonnen durch-

wühlte nach Dosen mit trinkbaren Resten. Oft nur einige Tropfen. Und vor Durst bereits mit toten Geschmacksnerven. Das auch nur bei meinen seltenen Stadtaufenthalten in letzter Zeit. Dann lieber das Flußwasser, das ich durch meine Erdmuldensysteme leite und reinige. So gut es ginge, aber ich sei ja am Leben, wie sie sehe. Möglicherweise hätten aber meine Geschmacksnerven Schaden genommen oder seien sogar ruiniert. Meine Schwester begann einen leeren Karton mit Dosen zu füllen und schob ihn in den Aufzug. Die neuen Lebensmittelbüchsen waren vor meine jüngst errichtete Lebensmittelwand geschüttet. Meine Schwester ging zu den Schließfächern. Die Schnee-Eule schlug kurz mit den Flügeln. Meine Schwester griff in eines der Fächer, bis zu den Achseln verschwanden die Arme, sie zog Wäsche hervor und packte einen zweiten Karton. Ich starrte auf ihren Kopf. Der grüne Hut. Die Verzögerung meiner Beobachtungen störten mich, die häufigen Verzögerungen.
Ich sagte: »Beobachtest du mich?«
»Die letzten drei Jahre oder die letzten fünfzehn Jahre? Oder habe ich in den letzten Tagen ein Loch durch das Stanniol gebohrt, durch das ich dich beobachte?« sagte die Schwester. Ich sagte: »Und Altmann?«
»Weder Altmann noch Brower beobachten dich, Geliebter«, sagte meine Schwester, »Brower ist beide Male sehr widerwillig hinter dir her gewesen, um dir unsere Nachricht zu bringen. Drei Jahre für eine Strecke von sechs Kilometern, das sagt alles.«

»Sieben«, sagte ich, »Luftlinie. An einem krummen Fluß gibt es kein Vorwärtskommen auf einer Luftlinie. Ich habe mich buchstäblich zu dir durchgegraben.«

»Zum Büro hast du dich durchgegraben«, sagte meine Schwester, »nicht zu mir.«

Wir schwiegen. Meine Schwester zog den Karton mit der Wäsche zum Lastenaufzug. Sie setzte sich auf den Fußboden.

»Niemand beobachtet dich, Geliebter, und genau das ist dein Unglück«, sagte meine Schwester.

Vorsichtig betastete ich meinen Kopf. Die Haare in der gewohnten Wirrnis, aber doch das alte Gefühl. Die eigene Hand vermag nichts gegen die Täuschung; es gab kein Mittel gegen die Täuschung außer die Hand der Schwester; und ohne meine Hand keine Gewißheit für die Schwester; der grüne Hut sprach dagegen; vielleicht war sie frei; unsere skalpierten Köpfe mit ihrer zum Verrücktwerden sichtbaren Kopfhaut und Haaren wider jedes Gefühl, wider jeden Verstand.

»Was ist mit deiner Kopfhaut«, sagte ich, mehr zu mir selbst.

»Die Kopfhaut fehlt«, sagte meine Schwester und zog an den Krempen ihren Hut herunter.

»Glaubst du das wirklich«, sagte ich.

»Ich weiß es«, sagte meine Schwester, »und du weißt es auch. Alles und nichts ist zu glauben, und so glaube ich lieber nichts. Ich weiß es, ich brauche dich nur anzuschauen.« Ich richtete mich im Bett auf, mich ritt jetzt der Teufel.

»Meine Kopfhaut ist nachgewachsen!« schrie ich durchs Büro. »Sperr deine Augen auf!«
Meine Schwester angelte sich ein Glas Pfirsiche, zerrte am Gummi und riß ein Stück ab. Sie griff nach einem anderen Glas, zog den Gummi heraus und nahm den Glasdeckel herunter.
»Sieh an«, sagte sie, »welch ein Überschwang.«
Sie begann die Pfirsichstücke zu essen, ich fiel zurück ins Kissen.
»Ich weiß, was dir gerade durch den Kopf geht«, sagte meine Schwester kauend. »Du denkst, wir haben uns gegenseitig skalpiert. Und dieser Gedanke hat uns verboten nachzudenken.«
»Aber wir haben uns nicht skalpiert«, sagte ich.
»Ja«, sagte meine Schwester, »wir haben uns nicht skalpiert.« Ich schwieg, die Schwester aß.
»Wer also«, sagte ich.
»Der Rächer steht auf«, sagte meine Schwester. »Ich weiß es so wenig wie du. Wir wissen auch nicht, warum wir skalpiert worden sind, und wir wissen nicht, wie wir beweisen sollen, daß uns die Kopfhaut fehlt. Ein unmöglicher Doppeldefekt.«
»Aber wir kennen den Zeitpunkt«, sagte ich. »Du warst sechs Jahre alt, ich sieben. Wir betasteten uns die Köpfe. Am Fluß.«
»Hör auf mit den Zeitpunkten«, sagte meine Schwester, »da merkten wir es, aber die Kopfhaut fehlte schon immer.«
»Ich bin der Sache auf der Spur«, sagte ich.
»Hör auf«, sagte die Schwester, »ich will es nicht wissen.«

»Aber du hast das Büro gemietet, wie wir es wollten«, sagte ich. »Sie hätten uns das Herz skalpieren können oder die Kugelseelen.«
»Ja«, sagte meine Schwester, »wen du auch immer mit ›sie‹ bezeichnest; aber es waren die Köpfe.«
Sie trank den Sirup aus dem Glas. Sie warf das Glas auf den Haufen.
Ich sagte: »Von einer Schnee-Eule war nicht die Rede. Das Tier stinkt.«
»Wer stinkt, bist du, Geliebter«, sagte meine Schwester und erhob sich. Sie kam herüber und zog mir den Pullover über den Kopf. Sie knöpfte mir das karierte Hemd auf, sie haßte Karos. Das an Hals und Brust geknöpfte Unterhemd mit den gelben Flecken. Die schwarze Hose. Die Schwester las das Etikett.
»Stanley Blacker for Filling's Lancaster, PA«, sagte sie, »du läßt dich also vom Roten Kreuz ausstatten.«
»Vor Jahren«, sagte ich, »ich fand nichts Besseres. Wie gut es gehalten hat.«
Die Socken lösten sich in Fetzen auf beim Abziehen. Die lange Unterhose, ich schaute nicht hin. Meine Schwester schleppte den Wasserkanister heran. Mit großer Kraft hob sie ihn an und goß mir vom Kopf bis zu den Zehen das Wasser über den Leib. Das Wasser schwappte über den Bettrand, versickerte in der Matratze. Die Schwester ging zu den Schließfächern und kam mit einem Bündel Kleider und Wäsche zurück.
»Die Unterhose hat keinen Schlitz«, sagte sie.
Ich zog die Kleider an.

Ich sagte: »Die Schnee-Eule stört.« Die Schwester sagte: »Die Jalousie in der Ecke bleibt immer geschlossen. Es ist eine junge Schnee-Eule; wage es nicht, mich unter ihren Augen anzufassen, sie greift sofort an.«
»Das Zeug in den Büchsen und Gläsern muß doch irgendwo gewachsen sein«, sagte ich, »könntest du es nicht von Altmann herbeibringen lassen, bevor es in den Büchsen verschwindet? Ich möchte gerne ein einziges Mal zusehen, wenn du Gemüse oder Obst schneidest. Ich verlange nicht, daß du kochst, ich koche gerne.« Meine Schwester schwieg.
»Ein einziges Mal möchte ich hören, wenn ein gerade abgeschuppter Fisch auf den Fußboden fällt«, sagte ich.
Meine Schwester sagte: »Ich habe keine Lust mit dir zu reden, wenn du inzwischen verblödet bist.«
Sie ließ die Mäuse laufen. Wir schliefen zusammen wie aus alter Gewohnheit.

Seit diesem Tag schlief ich jede Nacht in ihrem Zimmer. Am Tag saß ich in einem der Kinosessel vom Nachmittag bis zum Abend, in der Zeit vom Morgen bis zum Mittag im grünen Stoffsessel. Am Tag, wenn ich die Schnee-Eule im allertiefsten Schlaf versunken hielt, wechselte ich das Packpapier und stopfte das alte zusammengekrümpelt mit all dem Dreck in den Lastenaufzug. Dazu jede Menge alter Dosen und Büchsen und Gläser. Der Haufen wurde kleiner. Mein Magen gewöhnte sich an die Speisen. Apfelmus, Haferbrei, Kartoffelsalat. Und nicht aus den Behältern herausgepult, wie die Schwester die Speisen häufig aß, sondern zuerst in die Näpfe oder in die Teller. Ich dachte nicht oft an die Erdmulden; immer öfter an das Problem des Zeitknotens. Der vierte Tag.

Die Ruhe in den Büros unter uns erstaunt mich. Tatsächlich erschien bisher niemand zur Arbeit. Oder zum Aufenthalt in den Büros. Vielleicht war »Egyptian Import/Export« umgezogen oder in Konkurs gegangen. Ersteres wäre kein Wunder, letzteres vermutlich auch nicht. Trotz der Angestellten, die an manchen Tagen von der Ausfallstraße über die aufgeplatzte Hafenstraße mit ihren Mopeds und Fahrrädern heranrumpelten. Allzu oft hielt ich mich allerdings nicht in der Nähe des Bürohauses auf. Am Abend fror ich. Ich versuchte, die Gitter der Holzkästen herauszuheben, um an die Heizkörper heranzukommen. Ich vermißte die Pferdedecke, sie lag jetzt nutzlos am Flußufer. Meine Schwester sagte, am Wochenende werde die Heizung abgestellt. Nicht einmal Altmann habe die Hausverwaltung überreden können, der Hausmeister war unauffindbar und somit auch nicht zu bestechen. Die Schwester habe Altmann verboten, das Bürohaus zu verkaufen; sie wünsche, daß in dem Haus gearbeitet oder gelebt werde, und nicht, wenn ich und sie die einzigen Bewohner des Bürohauses geworden wären, Altmann uns das Erdgeschoß unter dem Hintern wegsprengen läßt. Die Angestellten von »Egyptian Import/Export« arbeiteten alle zwei Wochen, dann zwei Wochen Pause, sagte meine Schwester. Sie saß in einem der Kinosessel und blickte auf den Osthafen. Ich saß im grünen Sessel zwischen Bett und Schnee-Eule und schaute auf Rücken, Kopf und Hut meiner Schwester. Ich dachte über das Starkstromkabel nach. Meine Schwester lehnte es ab, das Kabel zu kappen oder kappen zu lassen. Ich dachte an den einstigen Verfolger. Der Verfolger war schneller als ich, und doch holte er mich nie ein. Bis auf ein paar Meter höchstens kam er heran wenige Male, aber da mußte ich schon Jahre auf einem einzigen Fleck verharren. Jahre, um mich um das Scheitern herumzumogeln. Als es sich lohnte, sich über die bürgerlichen Freiheiten zu verlieren. Als ich mit der Einkaufstüte von »Krizia« unterwegs war, mit der ich nichts einkaufte, sondern auf der Suche nach Brauchbarem war. Ich in meinen Pullovern mit den Farben Blau, Schwarz, Rot, der cremefarbenen Tragtasche und der Pferdedecke aus Roßhaar; der Verfolger in seinen beigen Gabardinemänteln vom neusten Schnitt; Verfolgter und Verfolger die Hände in den Manteltaschen, der eine die Mandelkerne, der andere seine Zigarettenstummel, aber wer von beiden was nun. Die Einkaufstüte von »Krizia« zerfiel. Eine Vorgängerin des Schnappsacks. Kaum hatte ich den Schnappsack, lief der Verfolger nur noch mit nagelneuen »Krizia«-Einkaufstüten herum. Soweit ich das aus der Ferne beurteilen konnte. Groß genug waren die Lettern ja. Und ich mit meinem Schnappsack. Als hätte er ein paar Jahrhunderte auf mich gewartet in seiner häßlichen Unzerstörbarkeit. Womit sogar Wasser zu schöpfen war. Einer »Krizia«-Einkaufstüte in allen Belangen überlegen. Was zerriß, konnte geflickt oder genäht werden. Ich ging hinüber ins Zimmer der Schwester. Bei offener Mitteltür hatte sie vom Bett aus die Schnee-Eule im Blick. Sofern die Schnee-Eule auf dem Geäst saß. Ich setzte mich an den Tisch auf den Holzstuhl. Wir schauten beide auf den Hafen, die Schwester in einem der Kinosessel, ich gegenüber, getrennt durch die Glaswände ihres Zimmers und die geschlossenen Türen. Nachts öffneten wir oft alle drei Türen. Wir warteten auf das Schnaufen der Schnee-Eule, nach Einbruch der Dunkelheit. Wir lauschten dem Schnaufen der Schnee-Eule, bevor sie losflog. Oder sitzen blieb. Oder zum Sessel flog und sich in die Kopflehne verkrallte. Oder zu meinem verwaisten Bett, auf dem Emailgestell hin und her schwankend, mit ihren kleinen Schreien nach meiner Schwester. Oder als rauschender Schatten auf der Jagd nach den Tieren.

Im Zimmer der Schwester befand sich die Musikanlage. Schallplatten, Bänder, wenige Bücher; in den meisten Schließfächern lagen einige oder mehrere davon zwischen den Dingen. Es gab für mich nichts zu suchen, ich rührte nichts an. Musik bekam ich bislang nicht zu hören; die Geräusche und Töne der Heizung sind nicht unbedingt Musik in meinen Ohren. Das Gurgeln und Gluckern erinnerte an Wasser; nur kurz war es zu hören, auch untertags. In der Nacht häufig ein vom Keller oder noch weiter unten herauf gepreßtes Pochen; dann brach es in die Heizkörper der Bürowohnung ein, entweder im Westen von Süden nach Norden oder auf unserer Schlafseite in der Gegenrichtung vom Lastenaufzug zu den Schließfächern. Dann Stille; oder ein metallisches Klopfen ertönte, und ein Läufer rannte mit einem Eisengriffel einen Eisenzaun entlang. Oder es begann das gequälte, scheinbar rhythmische Quäken, das immer um einen Bruchteil einer Sekunde den Takt verfehlte. Oder ein Stöhnen wie aus dem Magen eines uralten Kindes. Meine Schwester schlief gut, falls sie sich nicht verstellte; ich schlief bislang gut, jetzt nicht mehr; beide warteten wir auf das Schnaufen der Schnee-Eule; die Schwester schlief ein; ich bei den Geräuschen der Heizkörper und des Jagdvogels. Und das Knistern des Stanniolpapiers an den Glaswänden, unregelmäßig, fast nicht zu hören. Oder nichts.

Am Morgen das Quietschen des Seils über den Messingrollen. Es stört wenig, es ist leicht weiterzuschlafen. Die Lebensmittel kommen manchmal am Mittag an; dann stört nichts den Morgenschlaf. Doch an diesem Morgen pochte es an die Tür des Lastenaufzugs. Ich horchte. Das Pochen; niemand stand vor dem Lastenaufzug, niemand am Seil, das Pochen kam aus dem Innern. Ich stieg aus dem Bett und schlich zur Klappe des Aufzugs. Vorsichtig zog ich die Griffe auseinander. Als ich die Hand sah, drückte ich die Klappengriffe zusammen.
»Au!« schrie die Hand mit einer Männerstimme. »Ich bin Jonny Altmann!« schrie die Männerstimme. Ich lockerte den Griff, die Hand zog sich zurück. Dicht hinter den Knöcheln hatte ich sie eingezwickt. Altmann sagte:

»Ich weiß, Sie sind's, lassen Sie mich heraus, ich muß mit Ihnen reden.«
»Warum benutzen Sie nicht die Bürotür«, sagte ich.
»Nun ja«, sagte Altmann, »Ihre Schwester mag keine Besuche, auch von mir nicht.«
»Dann bleiben Sie, wo der Pfeffer wächst«, sagte ich.
»So einfach ist das nicht, mein Lieber«, sagte Altmann. »Ich vertrete Lorbas Brower, der jeden vierten Sonntag die wichtigsten Nachrichten bringt.«
»Benutzt Brower auch immer den Lastenaufzug?« sagte ich.
»Das nicht gerade«, sagte Altmann, »aber er spricht mit Ihrer Schwester durch die verschlossene Bürotür. Will Ihre Schwester mit mir sprechen oder will sie mich sehen, treffen wir uns in der Stadt. Aber sie will mich selten sprechen und unerträglich selten sehen. Das letzte Mal ist zehn Tage her. Und an das Treffen davor kann ich mich kaum erinnern, so lange liegt es zurück. Machen Sie schon die Klappe auf, ich bin früh aufgestanden, wir setzen uns in ein stilles Eckchen und besprechen alles, und Ihre Schwester kann ihren Schlaf fortsetzen.«
»Sagen Sie Ihre Nachrichten auf und verschwinden Sie wieder«, sagte ich.
»Nicht einmal verschwinden kann ich«, sagte Altmann. »Woher soll Brower, der im Erdgeschoß an der Aufzugklappe steht, wissen, wann alles erledigt ist. Hinunterziehen müssen Sie mich schon selbst.«
»Dann bleiben Sie, wo Sie sind«, sagte ich.
»Sie wollen Ihre Schwester doch nicht vergrämen«, sagte Altmann, »wenn sie aufwacht und meine Über-

lebensgeräusche im Lastenaufzug an ihr Ohr dringen. Eine Prise Luft wenigstens sollten Sie mir nicht verweigern.«

Ich zog am Seil. Der Kasten fiel. Ich riß die Griffe auseinander und beugte mich in den Schacht hinunter. Etwa zwei Meter unterhalb der Klappenkante war der Holzkasten steckengeblieben. Langsam zog ich den Kasten nach oben, bis ich durch einen handbreiten Spalt ins Innere des Aufzugskastens sehen konnte. Da hockte Altmann mit angewinkelten Beinen und zu den Knien vorgeneigtem Kopf in seinem weißen Seidenanzug.

»Sie werden mich doch nicht in dieser Stellung verhungern lassen«, sagte Altmann, »wie soll ich da reden. Ziehen Sie hoch, ich fresse Sie nicht.«

»Sagen Sie, was Sie zu sagen haben«, sagte ich.

»Sie sind also der Bruder«, sagte Altmann und drehte seinen Kopf nach oben zum Spalt, »Brower hat Sie ein bißchen konfus beschrieben, aber es trifft. Ein stummes Erdferkel, sagte Brower; ein Arschloch, das fünfzehn Jahre braucht, um zu dieser Frau zurückzukommen, sage ich«, sagte Altmann.

»Was ist los, Altmann«, sagte ich, »reden Sie nicht um den heißen Brei.«

»Wenn der Brei nicht heiß wäre, würde ich ihn auf der Stelle fressen, mein Lieber«, sagte Altmann, »das können Sie mir glauben.«

»Hören Sie, Altmann«, sagte ich, »Sie haben meinen Schlaf unterbrochen. Ich ziehe Sie jetzt ins dritte Stockwerk hinunter und dann können Sie beten, daß bei Brower der Groschen fällt und er Sie von dort

runterholt. Im anderen Fall können Sie warten, bis ›Egyptian Import/Export‹ an irgendeinem der Arbeitstage die Pforten öffnet.«
»Schau her, Mut kehrt in die Seele ein«, sagte Altmann. »Nicht in diesem Ton mit mir, mein Lieber, nicht in diesem Ton. Ich sitze nicht immer in diesem Aufzug. Mein Genick fängt an zu schmerzen.«
»War nett Sie zu sehen«, sagte ich und legte die Finger um das Seil.
»Alles, was ich sehe, ist Ihr nackter Bauchnabel«, sagte Altmann. »Ziehen Sie sich etwas an, inzwischen steige ich aus und lockere meine Glieder.«
Ich zog, der Spalt verschwand.
»Bevor Sie Ihren Dummheiten eine weitere hinzufügen, drei Nachrichten für Ihre Schwester: Erstens, der Krieg geht weiter, zweitens, das Wasser wird ab morgen in zwei Zehnliterkanistern geliefert, übermorgen gibt es einen weiteren Kanister und die gewünschte Batterie leerer Flaschen, drittens, die Sache läuft bestens!« rief Altmann; nach gut einem Meter abwärts hatte ich seine Fahrt gestoppt.
»Welche Sache läuft bestens«, sagte ich.
Altmann schwieg. Ich zog ihn hoch bis zu einem kopfgroßen Spalt.
»Vielen Dank für Frischluft«, sagte Altmann. Er sog die Luft ein. »Da dringt vielleicht ein Mief in meine Kiste, schaffen Sie den Eulenkot und die Tierreste nicht beiseite? Sie selbst gehen ja wohl kaum freiwillig, um den Gestank des Büros zu mildern.«
»Welche Sache«, sagte ich.
»Einer der Schutthaufen ist weggeschafft, der andere

zusammengeschmolzen, wohin sollen die armen Tierchen sich jetzt vor der Eule flüchten?« sagte Altmann. »Und Sie fragen nach einer Sache, die bestens ohne Sie läuft, und Sie wissen nicht einmal, ob Sie das etwas angeht, anstatt nach dem Krieg zu fragen, der weitergeht. Einmal abgesehen vom Vergelt's Gott für die zusätzliche Portion Wasser.«

Ich wartete. Ich holte zwei Becher und einen halbgefüllten Kanister, schenkte ein und reichte Altmann einen Becher Wasser durch den Spalt.

»Besser als ›Eis-Wasser‹«, sagte Altmann nach einem Schluck. »Das Monopol von ›Eis-Wasser‹, und wir wären alle aus dem Schneider. Andererseits gäbe es keine steuerfreien Wassergeschäfte, und die werden heute ausnahmslos von Anwaltskanzleien betrieben. Aber eben ohne diese fantastische Werbung wie bei ›Eis-Wasser‹, nur durch Mundpropaganda. Doch selbst ich trinke dann und wann ›Eis-Wasser‹, auch wenn ich es nicht trinken müßte, und nicht nur bei Geschäftsabschlüssen. Ihre Schwester lehnt ›Eis-Wasser‹ ab, als käme es aus der Hölle, und ich laufe mir die Hacken krumm nach einem Wasser, das es so gut wie nicht gibt. Um dieses Wasser zu kriegen, müßte man zuvor erst ein neues Wort für Bestechung finden. Unser Erzeugnis mag Ihre Schwester ebenfalls nicht, obwohl wir so gut wie immer die Qualität von ›Eis-Wasser‹ erreichen. Ihre Schwester besteht auf einer Qualität, als könnte ich mich unter den nächstbesten Wasserhahn legen und die Urquelle anzapfen.«

Er trank. Ich drehte den Becher in der Hand.

»Nur nicht gar so empfindsam«, sagte Altmann, »bei

Ihnen freilich hätte unsere übliche Qualität ausgereicht bei der Jauche, die Sie durch Ihre Erdlöcher und durch Ihren Körper jagen. Sie könnten es sogar trinken, wenn Ihnen die Herkunft und der Veredlungsprozeß unseres Wassers bekannt wäre. Entgiften Sie sich ruhig mit diesem Wasser, das für Ihre Schwester bestimmt ist, ich gönne es Ihnen. Ich kannte eine Zeit, da war es eine Beleidigung, jemandem nur einen Schluck Wasser anzubieten. Auf das Wohl Ihrer Schwester!«

Er trank den Becher aus und warf ihn mir vor die Füße. Altmann drehte sich auf die Seite. Er lag auf dem Boden des Lastenaufzugs, die Arme um die Knie geschlungen. Er legte den Kopf hin.

»Kommen wir zum Krieg«, sagte Altmann. »Ihre Schwester läßt alle vier Wochen fragen, ob Krieg ausgebrochen sei, und Lorbas Brower antwortet ihr mit aller Geduld alle vier Wochen, der Krieg sei noch nicht ausgebrochen. Was Ihre Schwester sich unter einem Krieg vorstellt. Unter dem Ausbruch eines Krieges. Solange es nicht knallt und keine Bomben fallen, findet der Krieg nicht statt, denkt Ihre Schwester. In Wirklichkeit herrscht Krieg seit Ihrer Geburt. Ich bin zwar jünger als Sie, ein wenig jünger, mein Lieber, aber ich habe schneller begriffen als andere, daß Krieg herrscht. Sie, mein Lieber, hätten das allein an den Geschäften feststellen müssen, die gemacht werden. Vor allem, wie Geschäfte gemacht werden. Davon haben Sie doch einmal etwas verstanden. Mit Toten können Sie kein Geschäft machen; Sie können mit dem Sterben Geschäfte machen und mit dem

Tod, aber nicht mit Toten. Nicht im großen Stil. Sie müssen also einen Krieg führen, bei dem alle am Leben bleiben. Niemand darf merken, daß er stirbt, niemandem darf gesagt werden, du stirbst. Da alle so oder so sterben, können Sie auch Geschäfte machen. Sonst ist Sterben totes Kapital und der Tod auch. Also kein Geschäft mit den Toten, aber auch keine Geschäfte mit Lebenden. Die Lebenden denken ans Leben und nicht ans Geschäft. Alle Geschäfte also grundsätzlich mit Sterbenden. Außer mit toten Embryos; wahrscheinlich doch ein Zufallstreffer, sonst hätten Sie nicht dieses lukrative Geschäft sausen lassen. Nicht, solange es diese Summen abwarf, vor allem im Vergleich zum Aufwand. Ich habe mir damals überlegt, ob ich einsteige, nachdem Sie ausgestiegen sind. Ein paar Jahre nach Ihrer Zeit haben die Ärzte den Zwischenhandel ausgeschaltet, das werden Sie wissen, ahnen konnten Sie es nicht bei Ihrem Ausstieg. Ein Rattenschwanz von Gründen, weshalb Ihre Organisation diese Liquidierung nicht hat abwehren können, wenn ich einmal von Organisation sprechen darf bei diesem Sauhaufen, den Sie zurückgelassen haben. Unserer Kanzlei wäre kein Arzt in die Quere gekommen, nicht Altmann & Brower, das können Sie mir glauben. Und der Wassertick Ihrer Schwester hat mich auf die viel bessere Idee mit den Wassergeschäften gebracht. Geschäfte, für die man heute umgelegt werden kann. Tote Embryos können Sie sich heute sonst wo hinstecken. Vergessen wir die Embryos«, sagte Altmann, »kehren wir zum Krieg zurück. Das Ziel des Krieges in der Neuzeit ist es,

diesen Krieg zu verlieren. Diesen Krieg nicht als kriegführende Partei zu verlieren, sondern unberufen und im höheren Auftrag der Gattung. Im höheren oder niedrigen Auftrag der Gattung, die Gattung auszurotten. Tabula rasa. Die Ausrottung als Produktion, die Produktion als Ausrottung, da mischen wir bei unseren Wassergeschäften bis zum letzten Schnaufer mit, mein Lieber; ziehen Sie sich doch wenigstens einen Fetzen über, es stört mich ganz erheblich, daß Sie nackt vor mir herumstehen«, sagte Altmann, »ich habe ja gesehen, was ich nicht sehen wollte. Ich würde Ihnen gern meine Jacke ausleihen, um Ihre Blöße zu bedecken, nach dem Aufenthalt in diesem schmierigen Kasten kann ich meinen Anzug ohnehin wegschmeißen. Aber wie in dieser Lage eine Jacke ausziehen oder gar die Hose. Sie stehen, sind nackt, ich liege, bin angezogen, liege in einem engen schmierigen Holzsarg, Sie stehen in einem geräumigen verdreckten Bürosarg, und gemeinsam ist uns nicht einmal Ihre Schwester, sondern zwei Blechbecher.« Genau genommen hatte den einen Becher ich in der Hand, der andere lag vor meinen Füßen.
»Habe ich mit dieser Sache, die bestens läuft, zu tun?« sagte ich.
»Sie haben damit zu tun«, sagte Altmann, »doch kümmern Sie sich nicht darum. Ich sage Ihnen Bescheid, wenn es so weit sein sollte, oder Brower oder Ihre Schwester oder Sie kommen selber drauf.«
»Ich ziehe eine Hose an, wenn Sie die Katze aus dem Sack lassen, Altmann«, sagte ich.
»Sie stören dann nur eine Spur weniger, mein Lie-

ber«, sagte Altmann, »lassen Sie's. Es bleibt Ihr Körpergeruch, Ihre Stimme, mit oder ohne Hose Ihre Person. Ich bin viel zu früh aufgestanden heute morgen. Kein richtiges Frühstück, der Magen zu, und dann Sie. Was für ein Jammer.«

Altmanns Stimme war leiser geworden, die Worte schienen nicht mehr zusammenzugehören. Altmann schlief ein.

»Ich könnte dir keinen Wunsch abschlagen«, murmelte Altmann, »du fehlst.«

Seine Atemzüge wurden regelmäßig.

»Ein Arschloch mehr auf meiner Gehaltsliste macht den Kohl nicht fett«, murmelte Altmann, »Brower war dagegen, aber Brower hat nichts zu melden. Wir führen diesen Bruder als Kanzleigehilfen, den Kindsvater. Pinka Brower versteht mich, aber Pinka Brower liebt Lorbas Brower und Lorbas Brower liebt mich, und ich liebe dich und du liebst die Eule und dieses Bruderarschloch. Und dieses Bruderarschloch liebt überhaupt niemanden. Außer seine Drecklöcher vielleicht, drei Jahre gräbt er Drecklöcher am Fluß, legt sich hinein, trägt die Flußjauche mit seinem Ledersack in diese Löcher, holt Dreck aus den Löchern und frißt ihn. Der Kindsvater. Das Internat. Was? Wie?« rief Altmann, »hat jemand etwas gesagt?«

»Nur die Ruhe, Altmann«, sagte ich, »Sie sprachen von einem Internat.«

Altmann war hellwach. Er sagte: »Sie führen mich nicht aufs Glatteis. So kriegen Sie mich nicht. Es geht Sie nichts an. Nicht alles geht Sie etwas an.«

Ich warf den Becher auf Altmann und verfehlte den Aufzugsschlitz. Der Becher krachte gegen die Mauer. Ich hob den Becher auf, Altmann hielt sich die Hände vors Gesicht, ich warf den Becher in den Aufzug und begann, ohne die Tür zuzuklappen, den Kasten nach unten zu ziehen. Bald spürte ich einen Ruck, Brower griff offenbar ins Seil und besorgte den Rest.
»Das nächste Mal komme ich im Fahrstuhl!« rief Altmann aus dem scheppernden Kasten hoch. Gern hätte ich gewußt, was er noch aus dem Schacht heraufrief, während er sich entfernte. Ich schloß den Schacht.

Der Zeitknoten

Am Morgen läßt meine Schwester nach dem Lüften die Jalousien herunter. Alle Jalousien bleiben unten ab jetzt. Ab jetzt verwischen die Tageszeiten, es ist unvermeidlich. Wahrscheinlich rücken wir mehr in die Nacht. Kein Blick mehr aus den Fenstern. Meine Schwester schaut nicht mehr hinaus, ich nur, wenn ich gerade den Kopf nicht anderswohin drehen kann. Gegen einen Blick aus dem Fenster war nichts einzuwenden, nur Hinunterschauen war mir schrecklich. Ob Hinausschauen nicht Hinunterschauen ist, kann ich nicht mehr feststellen. Bei geschlossenen Jalousien sinkt das Büro auf den Erdboden. Die Tür auf, und du stehst auf ebener Erde. Wir drehen die Heizung auf, weil wir zwei Tage, zwei Nächte und einen Abend froren. Es wird zu heiß, wir drehen die Heizung zu. Ab jetzt drehen wir die Heizung manchmal auf, doch eher, um zu wissen, wie die Zeit vergeht. Zwar zähle ich die Tage nach alter Art; nur wann beginnen die Wochenenden, wann enden sie. Vor fünfzehn Jahren und davor diente uns ein Kühlschrank als Zeitmesser; ich erinnere mich jedoch nur noch an seine Funktion als Lichtquelle. Ich soll mich ja nicht mehr erinnern. Die Schwester im grünen Sessel, die Schnee-Eule auf der Schulter. Schnell dreht die Schnee-Eule ihren Kopf nach mir um; an ihrem Rumpf bewegt sich keine Feder.

Der Zeitknoten, von dem unaufgefordert berichtet wird, entspringt der Willkür, eine Geschichte zu erzählen. Mir ist klar, es sind die Nerven, doch es hilft nichts. Ich bin unpäßlich; aber die Notwendigkeit, trotzdem eine Geschichte zu erzählen, war stärker. Natürlich gab ich dieser Notwendigkeit nicht nach. Aus welcher Zeit komme ich schließlich. Eine Geschichte über eine Giraffe, die zum Fenster hinausschaut, während sich in der Kammer, dicht bei ihren vier Beinen, eine Liebesgeschichte mit zweifelhaftem Ergebnis abspielt. Gar nicht zu reden von einem zweifelhaften Ausgang; schön, wenn es einen Ausgang gäbe. Achtung, damit die Geschichte nicht zu einer neuen Vorgeschichte ausartet, also zu einer altbekannten. Die Geschichte beginnt mit einer Vorstellung. Erst ein Stoßgebet, es bleibt dabei, um nicht anzuecken: O Herr, gib mir Kraft und so weiter. Wir beginnen mit unserem Leben; wir beginnen, den Anfang unseres Lebens zu erzählen, der uns unbekannt ist und obwohl er uns unbekannt ist. Das stachelt uns an. Bevor wir die Schande unserer Jugend zum Glück der Gegenwart verklären. Wir beginnen also, den Beginn unseres Lebens aufzuzeichnen, nachdem wir schon eine ganze Weile gelebt haben, recht und schlecht. O Herr, gib uns Kraft und so weiter hat übrigens nichts mit einem blasphemischen Schlenker zu tun, sondern erweist sich noch als Steinchen eines Gebäudes, wenn dieses Bild gestattet ist. Das gilt auch für Erdmulden. Ich kürze ab und sage, die Beschreibung unseres Lebens verführt uns zur Frage nach der Zeit. Verzeihung für Fragen aller Art; sind wir doch reichlich eingedeckt mit Antworten und genügend ausgelastet mit dem Durchhecheln der Antworten. Also die Vorstellung: ich flehte jemanden an, niemand zu sein. Ich flehte, nicht mehr nichts zu sein. Vorausgesetzt, ich bin, sonst ist der Käse eh gegessen. Bin ich aber, kann ich auch anflehen, wen ich will, jemanden zum Beispiel, der weder niemand ist noch nichts. Wie ich den Gaul nenne, ist gehupft wie gesprungen. Wenn ich schon mal bin, warum sollte es dann nicht auch jemanden geben, der angefleht werden kann. Als Vorstellung. Wie mich; denn ich bin ja bereits, wenn ich mich vorstelle. Mich mir vorstelle. Mit mir als Nicht-Vorstellung lasse ich nicht mit mir umspringen, wie ich mit mir als Vorstellung umspringe. Kurzum, mein Flehen ward erhört, ich war niemand. Wenigstens das. Der Vorteil dabei ist, daß ich nun nicht mehr von ich sprechen muß, sondern niemand sagen kann. Das vermag jeder zu akzeptieren, wenn auch zum Schein. So weit, so gut. Nennt man das eine Geschichte? Aber es kommt noch besser, je nach Standpunkt. Ab jetzt ich; aber jeder weiß, ich = (in Wirklichkeit) niemand. Niemand, der Schwierigkeit hat zu beweisen, daß er ich ist. Falls er Wert darauf legt; wir übrigen vermuten sofort einen abartigen Ehrgeiz in diesem Fall, gar nicht so selten. Ich, der niemand ist, hat zweifellos Schwierigkeiten, nicht mehr niemand zu sein. Gutmütig wie wir sind, soll niemand ruhig ich werden, wenn es sein Herzensbedürfnis ist, wenn er nichts Besseres zu tun hat. Niemand stellt sich also die Zeit vor, von der er keine Ahnung hat. So beschreibt er sein Leben; vermutlich mit dem Hintergedanken, aus niemand ich zu werden. Für uns beschreibt er sein Leben, das haben wir gutmütig durchschaut; für ihn selbst genügte ja ein Biß in ein Stück Brot und hinterher Zähneputzen. Sobald nun, sagt er bescheiden, um sich unter unseren wachsamen Augen unauffällig aus dem Spiel zu nehmen, sobald ein Bewußtsein auftaucht, existiert eine Vorstellung von der Zeit, die es wirklich nicht gibt. Das Bewußtsein legt die Zeit als Maßstab fest, den also gibt es. Die Verwechslung von Maßstab und Zeit ist erwünscht, wenn auch niemand da nicht mitmacht. Einige Störenfriede legen diesem Maßstab das Bewußtsein zugrunde, meines und deines also, bewußt in Kauf genommene Willkür; was nun zuerst, Ei oder Henne. Doch diese Störenfriede landen in den Gefilden der Theologie, siehe oben: O Herr, gib Kraft und so weiter. Recht genau läuft dieses Uhrwerk der Zeit, fast wird der Glaube an die Existenz der Zeit zur Gewißheit. Geradezu zum Anfassen, diese Zeit, das Ohr am Takt und das Auge auf Zeiger und Zahl gerichtet. Doch neblig sind Zeitende und Anfang der Zeit. Scheinbar solide das Mittelstück ins Bewußtsein gedübelt, zerbröselt das Zeitband, je mehr es sich Anfang und Ende nähert. Ausgerechnet ins Bewußtsein, das niemand eingeschmuggelt hat, um sich um den Nachweis seiner Existenz zu drücken, was niemand genau genommen als niemand gar nicht nötig hat. Gedübelt, zerbröselt oder nicht, zurück verliert es sich wie nach vorn, das Bewußtsein verliert es, wir verlieren es. Erlischt das Bewußtsein, ist der Teufel los. Die Zeit erlischt, als hätte es die Zeit nie gegeben, wo es sie doch nicht gibt. Obwohl immer noch niemand da ist, wenn das Bewußtsein erlischt. Aber so weit sind wir noch nicht. Ein Glück, daß die Zeit, auf unserer Uhr am Handgelenk zerhackt, fließt und fließt; welche Gerechtigkeit, daß sie sich für kein Bewußtsein beschleunigt oder dehnt. Und kein Bewußtsein im Menschenkörper es überlebt, aus unserem Erdenraum in die unbegreiflichen Dimensionen zu stürmen, um Zeit zu gewinnen oder Zeit zu verlieren oder zu überspringen oder zurückzuholen. Aber wer weiß. Niemand jedenfalls ist es nicht möglich. Für ihn hat das Bewußtsein vor Sir Isaak einschließlich Perücke Gültigkeit, mag er sich auch noch so oft und verbissen körperlos in die Potenzen der Dimensionen verrechnen. Was jedoch soll niemanden hindern, wenn er sich schon dieses vorwärts und rückwärts verdämmernde Zeitband vorzustellen hat, in dieses Band einen Knoten zu schlingen? Niemand gibt zu, mit dem Wort »schlingen« den Gegenstand

»Schlinge« suggeriert zu haben; zugleich weiß er, »schlingen« kann »hastig essen« heißen, doch niemand fällt auf so ein Ablenkungsmanöver herein. Nicht vorzustellen, wer oder was in dieser Schlinge sich verfangen könnte; also die Schlinge zugezogen, damit ein Knoten draus wird. Dieser Knoten im Zeitband hat keine Bedeutung; Zeittakt und Zeitband haben sich weder zum Guten noch zum Schlechten verzerrt; so ein Zeitknoten bleibt unbemerkt und ohne Folgen, außer für niemanden. Niemand, einmal auf dem Dreh mit dem Zeitknoten, verknotet selbstverständlich nicht die Gegenwart. Denn kaum verknotet, sind Knoten und Zeit, ob Gegenwart, Band oder Takt, vorüber, und niemand hat etwas davon, außer die Anstrengung, ihn geknüpft zu haben. Somit erweist sich als der günstigste Zeitpunkt für den Zeitknoten die allernächste Zukunft, damit niemand sie schließlich auch erlebt. Alle, ausgenommen niemand, bewegen sich also, selbst bei völliger Unbeweglichkeit, nach dem Takt auf dem Zeitband; und allein niemand bricht auf, unter allzu sorglosem Mißbrauch seines Bewußtseins, in die Schlinge des Zeitknotens, über den alle übrigen bewußtlos hinwegschusseln. Niemand dreht und wühlt sich durch die Windungen des Zeitknotens, durch Schlinge und Knoten, je nachdem, gewinnt oder verliert Zeit, wer will das entscheiden außer ihm selbst, bei all den Fehlerquellen, die er verkörpert. Jetzt nur nicht noch ein Kunstfehler beim Zuziehen der Naht. Niemand dreht und windet sich jedenfalls durch eine zusätzliche für niemanden sonst existierende Zeit, in der sich dieses oder jenes abspielt, was sich sonst für niemanden außer für niemand abspielt oder auch nicht. Verläßt er diese zu einem Knoten zugezogene Schlinge, ist tatsächlich, wenn sich die Uhren nicht täuschen und ungeachtet ihrer Bewegungen, genau so viel Zeit vergangen wie für alle auf diesem Erdenrund. Dem Ort des Geschehens. Was geschieht niemandem, wenn er, gewohnt nach dem Uhrentakt auf dem angeblichen Zeitband voranzuschreiten, sich durch den Zeitknoten wühlt oder fliegt oder ruht bei allem Widerstand und aller Beschleunigung und aller möglichen Überraschung? Pardon, es sollten keine Fragen mehr gestellt werden. So hat niemand, also auch er, drei Jahre lang, während er Erdlöcher zu bereits bekannten Zwecken grub, zusätzlich und gründlich und einige Jahre vorher mehr oder weniger, während er sonst keiner auffälligen Tätigkeit nachging, ausgenommen seine trivialen Bedürfnisse, über den Zeitknoten sich den Kopf zerbrochen. Und was ist das Ergebnis? Wenn das kein Grund zum Ärger ist. Gibt es denn kein schöneres Bild für den Zeitknoten! So ist es. Und jetzt für alle abwesenden Seelen eine wahre Geschichte aus dem Leben.

Ich liege im Bett. Ich erwachte, weil meine Schwester schrie. Schwer zurechtzufinden, wenn dich jemand wachschreit. Meine Schwester schrie:
»Wer hat mit diesem Quatschsatz die Wand versaut?«
Ich steige aus dem gemeinsamen Bett. Von der Schwe-

ster verlassen. Schlaftrunken. Durch eine der Zimmertüren ins Büro. Zwischen Bürotür und Lastenaufzug in leuchtender phosphoreszierender Schrift, sogar über die aufgestapelten Dosen hinweg sich unter der Decke nach unten neigend der Satz:
»DIE PRODUKTION VON NICHTS IST DAS ZIEL ALLEN LEBENS VERDAMMT NOCH MAL«
Es dauerte eine Weile, und ich begriff: diese Wörter hatte mir meine Schwester zugeschrien. Zwar sah ich das Leuchten der Schrift, aber Lesen war eine andere Sache in meinem Zustand.
»Ich habe geschlafen«, sagte ich.
»Die Wand ist ruiniert mit deinem Quatschsatz!« schrie meine Schwester. Viel gab es an den Wänden nicht mehr zu ruinieren, außer man riß sie nieder.
»Deine Schrift!« schrie meine Schwester, »wahrscheinlich rennst du immer noch herum in der Nacht und weißt nicht, was du tust!«
Ich wollte ins Bett zurück. Wenn ich nachts wandle, dann im Wachen. Trotzdem war ich nahe daran, alles zu gestehen.
»Mach es weg oder ich schmeiß dich hinaus!« rief die Schwester und rannte ins Zimmer und schloß sich ein. Ich war bereit zu gestehen, die Schrift war von mir, von wem sonst. Das ersparte mir, sie zu lesen und nach Eigenheiten meiner Handschrift zu forschen. Eine Sprühdose, mit oder ohne Treibgas, lag auf dem Fußboden. Der Satz bog sich nach unten; das Wort NICHTS stand auf der Türklappe des Lastenaufzugs. Ich riß die Klappe auseinander und NICHTS war verschwunden. Dafür hatte ich ein Loch mit

einem maximal siebenstöckigen Schacht, falls ihn der Aufzugskasten nicht irgendwo verstopfte. Das verschwundene NICHTS hinterließ wenigstens ein Loch. Das ging leicht. Der Rest des Satzes war arg auf die verbliebene Fläche unterhalb der Klappe gebatzt, mit sehr viel kleineren Lettern. War NICHTS verschwunden, war das Spiel halb gewonnen. Viel Hoffnung lag in der PRODUKTION DES NICHTS; ein Teil des NICHTS oder ein Teil von NICHTS war offenbar noch nicht produziert, existierte also gar nicht, noch nicht. Andererseits waren wohl alle Lebewesen wild dahinter her, NICHTS zu produzieren. Oder sie hatten eben kein Ziel. Oder das Ziel, das sie hatten, giltet nicht. Da lobe ich mir doch meine Erdmulden. Ich nahm mir vor, die Urheberschaft dieses Satzes in einem günstigen Augenblick anzuzweifeln. Über die Benutzung der Sprühdose ließ ich vielleicht mit mir reden. Blieb der Rest der Leuchtschrift; ein Licht konnte nicht schaden im abgedunkelten Raum, selbst wenn es eine Schrift war, die, in der Nacht an die Wand gesprüht, dem Tagesverstand nicht mehr standhält. Und wen sollte diese Schrift stören außer meine Schwester im ersten Ärger. Ich legte mich auf das Emailbett und hoffte auf eine inzwischen trockene Liegefläche. Der Schnappsack war allerdings im Bett der Schwester, mir fehlte das Kopfkissen. Nachdem ich so gekämpft hatte, ihn mit ins gemeinsame Bett nehmen zu dürfen. Ich schlief ein. Für den, der's mochte, ein guter Anfang für das Kommende.

Im Büro, nachts

Zu irgendeiner der vierundzwanzig Stunden des zehnten Tages. Ich fülle die leeren Bierflaschen mit Wasser. Den Rest des ersten Kanisters und das Wasser des zweiten kippe ich in einen Bottich, er steht gewöhnlich in der Kabine mit den defekten Wasserhähnen. Ich sammle das Wasser, das wir nicht trinken, für ein Sitzbad. Die Schwester besteht darauf, daß ich mich wasche. Aber nicht im Bottich; für sie bereite ich das Sitzbad vor, für mich reicht eine Waschung am Steinbecken aus. Ich habe den Hartgummistöpsel gefunden; das bißchen Wasser, das ich zum Waschen brauchte, fließt langsam ab, aber es fließt ab. Die Lebensmittel bleiben unberührt im Lastenaufzug; nur das Wasser und die Mäuse nehmen wir heraus. Und die frische Wäsche der Schwester, seltener meine. Wir lassen die Mäuse laufen. Meine Schwester ißt wenig, mich überfällt hin und wieder ein Heißhunger. Es gibt einen Spirituskocher, Altmann hat meine Notiz im Aufzug gefunden und auch die Kanne Spiritus heraufgeschickt. Der Kocher funktioniert. Ich wärme alle Speisen, sogar Obst und Wasser. Die Schwester verweigert ein Gespräch über die Schnee-Eule. Dafür spricht sie über Phil Spector. Ich frage nach dem Morphium. Die Schwester weicht aus. Ich schlafe in ihrem Bett. Zwei lautlose Tierkörper. In der Nacht kommen die Ungeheuer, am Tag werden sie geschlachtet. Und in der nächsten Nacht gefressen natürlich. Ich zerre den Bottich aus der Kabine, schütte die beiden aufgefüllten Kanister dazu. Meine Schwester legt ihre Kleider auf dem Emailbett ab. Die Schwester mit der Badekappe, sonst nackt, im Bottich; ich wasche ihr den Rücken. Wäscht sie den Kopf, habe ich mich abzuwenden oder gehe ins Zimmer. Die Berührungen des Rückens stellen weder den erwünschten Abstand her noch die verlangte Nähe. Unmöglich zum Glück. Wie das Abreißen der abgetrennten Kopfhaut nach dem jahrelangen Anwachsen. Abgewehrt von eben den Köpfen, allen beiden. Nichts mehr von Liebe Haß Liebe Haß, nichts mehr von der wohltuenden Fremdheit. Im Gehirn ein paar vergilbte Gerüche, Bilder, Geräusche, Berührungen, alles vergilbt, sonst nichts. Zu müde für Wiederbelebungsversuche aller Art. Ein Widersinn. Das Klammern der Häute taugt zur Suche

schlecht. Ich packe alte Gläser aus, dubistmein, ichbindein hühott. Ich wickle sie aus dem Zeitungspapier und streiche die Fetzen glatt. Die Gläser stelle ich unter dem Starkstromkabel auf; ich schenke Wasser ein; trinke; lese die Zeitungsreste, Wort für Wort. Langsam wie die Inschriften auf den Steinen. Ich war ein eingefleischter Zeitungsleser; jeden Fetzen hob ich auf bei meinen Gängen, und welch eine Freude bei einem unversehrten Blatt. Unversehrt, was Texte und Bilder betrifft. Der Glücksfall eines Fundes einer vollständigen Nummer nur in der Stadt auf Bahnhöfen, Friedhöfen, Kirchen und Schlachthöfen. Häufigkeit der Funde in dieser Reihenfolge. Die Zeitungsfetzen mochte ich lieber, einige trug ich immer mit mir herum. Ich strich sie glatt, entzifferte sie und legte sie in eines der Verstecke zu den anderen. Um sie bei Bedarf wieder zu lesen. Sogar im Osthafen habe ich ein Zeitungsversteck angelegt, unter einem der rostigen Kräne, zur Ehre dieser unbegreiflichen und in Fetzen gebannten Tätigkeit. Die Zeitungsfetzen erinnern mich an Bücher, die mir abhanden gekommen sind. Bücher sind Zeitmaschinen. Zeitmaschinen der Gegenwart. Meine Schwester besitzt Bücher, doch kann ich mich dieser Zeitmaschinen nicht mehr bedienen. Nicht mehr, seit mir die Schwester keine Bücher mehr vorliest. Eine ganze Weile also. Hingerissen von schönen Bildern, blühenden Feldern, wundervollen Bewegungen in stilvollen Räumen, umflort vom Atem der Geschichte und bedeutenden Entwürfen der Gegenwart für die Zukunft, all die glücklichen Nachkommen, Umwälzungen von Menschenglück und Menschenunglück über den Erdball hinaus, all die Farben und Sehnsucht, als es noch keine Kugelseelen gab. An Stelle der jeweilig ausgewachsenen oder zum Ausgewachsenen hinwachsenden Menschenkinder mit ihrem Tun und Lassen werden Wörter auf einem Fleck Erde ausgebreitet, der die Welt ist. Eine Kugelseele dagegen an Stelle des jeweiligen ausgewachsenen oder zum Ausgewachsenen hinwachsenden Menschenkinds, man stelle sich das vor: unruhig, auf den unebenen Punkten und Flecken des Erdballs rollend oder hüpfend; eine ungleiche Doppelkugel ohne Ort. In einer scheinbar unveränderten Bahn. Und das ist nur eine der Doppelkugeln; nur ist das noch nicht einmal ein Menschenkind, sondern ein kleiner Scherz am Rande. Die Schwester ruft oder lockt mich mit einem Liedchen, aber am zwölften Tag schlafe ich

auf dem Kinosessel ein. Beim Aufwachen die geschlossenen Jalousien, die entsprechende Körperstarre. Die Schwester spricht englisch. Keine Ruhe, aber nicht einmal in den Erdmulden hatte es Ruhe gegeben. Keine tatsächliche Ruhe. Die Schwester in ihrer Rede über die Musik von Gesualdo di Venosa in englischer Sprache, ich sammle die schmutzigen Kleidungsstücke ein. Wird meine Wäsche gewaschen, trage ich Kleider und Wäsche der Schwester; die Packen Unterwäsche, die Altmann mir hochschickt, den zitronengelben Pullover und die Hosen lasse ich im Aufzug liegen. Die Strümpfe behalte ich. Wir liegen in der Nähe des toten Starkstromkabels auf dem Fußboden. Beginnt die Schnee-Eule mit den Flügeln zu schlagen, beginnt wohl der Abend. Donnert sie durch den Raum, beginnt die Nacht. Oder die Nacht und das Tier geraten zusammen mit uns

aus den Fugen. Das Bürohaus arbeitet mit diesem von unten heraufwürgenden Röcheln und Wachhämmern der Heizkörper. Die Metallwand der Schließfächer zieht mich an, die Schwester nicht. Alle paar Tage blickt sie ins Schließfach, wo ich das unbenutzte Nest der Schnee-Eule vermute. Als gäbe es da drinnen etwas auszubrüten. Ich greife wahllos in die Fächer, in manche schon das zweite Mal, in manche noch öfter. Ein Karton mit Fotografien; meine Schwester neben einem grinsenden Phil Spector, meine Schwester neben einem grinsenden Jonny Altmann und so weiter, dazwischen die fliegenden Rockschöße des Boxermantels von Lorbas Brower. Eine Kiste voller Autogrammkarten. Fotografien aus der Zeit vor der Abreise meiner Schwester nach Amerika finde ich nicht. Ich könnte immerhin Spaß an einer Ordnung der Schließfächer haben und den Dingen darin und fände dann, was sich suche. Wahrscheinlich aber nicht, gerade wegen der Ordnung. Oder ich suche, was es in jedem Fall nicht gibt. Innerhalb und außerhalb der Schließfächer. Als hätte diese achtzehn Meter lange und drei Meter hohe Schließfächerwand keine Zwischenwände, als sei ihr Inhalt durchgekaut von einem lebenden Organismus, der sich von toten Dingen ernährt. Mitten in den Tiergerüchen, den Blicken auf die Metallwand, die verschlossenen Fenster und lärmenden Heizkörper, die Kinosessel, das Emailbett, das Geäst mit dem grauen zuckenden Tier, die übers Linoleum in oder aus dem Müllhaufen huschenden Kleintiere, trotzdem sind wir nicht krank geworden. Die Schwester ohne die geliebte Angst vor dem Todesgewächs, ich ohne die gehaßte Angst vor einem Todesgewächs, wenn nicht gerade die Schwester ihre Angst haßte, unser Sohn ist nicht schwachsinnig, Altmann & Brower machen ihre Geschäfte, und das Wasser bringt uns auch nicht mehr um. Das kannte ich anders, ganz anders; imitierte Schuppenflechten und halbseitige Gesichtslähmungen, Schreikrämpfe und Lachanfälle. Auf meinen Schluckauf antwortete die Schwester prompt mit Schüttelfrost. Heute beim Schweigen der Heizkörper, der Stille, hätten wir Musik hören können, die ersten Takte zumindest; »Egyptian Import/Export« entfaltete offenbar seine Umtriebe; tosende Ankunft der Angestellten, tosende Abfahrt, dazwischen Totenstille. Und so neun folgende Tage. Ich ziehe den Karton mit den Tonbändern heraus; die meisten Bänder sind von den Spulen abgesprungen und aus den Kassetten gezerrt, sie wuchsen durch die Metallzwischenwände der Schließfächer, durch Kleider, Bücher, Papier, Schachteln, es nahm kein Ende, ich stopfte alles zurück. Die Schwester kündigt einen Ausflug mit Altmann in die Stadt an, es geschieht

nichts. Die Schwester spricht über Politik, nicht über Krieg. Ich koche ein Gemüse, ich hielt es für Gemüse, genau betrachtet war es ein brauner Brei, und das bestätigt auch der Gaumen. Wir füttern uns gegenseitig. Die Schwester liest ein Buch, ich bemerke die Unruhe; ich lausche und warte auf die Stimme der Schwester, die Schwester bleibt stumm. Ich beschwöre die Schwester, die Schnee-Eule aus dem Fenster fliegen zu lassen. Ich lege der Schwester den Daumen der rechten Hand auf die Nasenwurzel, sie schläft ein. Die Heizung glüht, auch wenn sie abgeschaltet ist. Wir sind nackt; die Fenster wagen wir nicht zu öffnen, außer kurz am Morgen. Da wir aber den Morgen selten antreffen, bleiben die Fenster geschlossen. Werden sie dennoch geöffnet, kommt es uns wie ein Zufall vor. Wir hängen im Büro nasse Bettlaken auf. Die winzigen hellen Kinderhaare der Schwester auf ihrem Körper, bei günstigem Licht deutlich sichtbar. Ich fertige eine Notiz für Altmann an mit der Bitte um einen Topf Erde; ich stelle mir vor, woher er die Erde nimmt, und ich werfe die Notiz auf den Abfallhaufen. Die Schnee-Eule greift keineswegs an, wenn ich die Schwester berühre; schläft die Schnee-Eule, öffnet sie kurz die Augenschlitze, ist sie wach, schreit sie manchmal, eher kläglich, oder schlägt mit den Flügeln und dreht sich um ihre Achse, Pause, und wieder um die Achse. Von der Schwester läßt sie sich berühren. Womit meine Schwester sie bisweilen füttert, möchte ich lieber nicht wissen. Im Lastenaufzug finden wir einen Eimer Honig; wir verstreichen den Honig gegenseitig auf den Körpern, auch auf die Kopfhaare, die Schwester nimmt den Hut ab. Wir leeren die Köpfe. Das Linoleum verklebt von den Körpern. Bei jedem späteren Tritt in die Honigflekken, barfuß, in Strümpfen, in Schuhen, erinnere ich mich an das Verstreichen des Honigs auf unsere Körper. Auf Haut und Haar meiner Schwester, das eine Mal, das einzige Mal. Daran darf ich mich wohl noch erinnern. Die Wiederholung des Außergewöhnlichen haben wir nicht versucht und so erst gar nicht vermeiden müssen; merkwürdig ist es, mit welchem zwar schwindenden, doch nie endenden Enthusiasmus wir das Gewohnte immer wieder abspulen. Tatsächlich erregt die Vielfalt der Langeweile bis ins Grab. In dem einer liegt, sich langweilt, heilfroh über jeden Schnaufer. Ich könnte die Honigflecken im Gedächtnis festhalten, ihre Verbreitung auf dem Fußboden, um mich nicht zu erinnern. Eine sichere Methode ist es nicht; denn beim Umgehen der klebrigen Flächen und Punkte erinnerte ich mich daran, mich nicht zu erinnern, und erinnerte mich damit doch. Zum anderen trifft bei dieser Art Vorsicht jeder unachtsame Tapser oder jeder bislang unentdeckte Spritzer Honig die Erinnerung um so heftiger. Meine Schwester hat mit ihren Amerikafetischen sämtliche Fetische aus der Zeit davor getilgt, wie soll ich mich erinnern, weiß ich, was ihre Körperzellen speichern. Mir fehlen die Zimmer, Wege, Städte, Meer, Hochsitze, Grasmulden; vor allem die Halsbänder, Messer, Blumensträuße, der ganze sentimentale Plunder; die Tiere, die Wörter, die Schwester; die Schwester zuerst. Den Fluß erkenne ich nicht mehr, das Wasser. Und das ist unmöglich. Es sei denn, die Schwester hätte einen einzigen Fetisch zu tilgen vergessen: es sei denn, ich selbst bin dieser

Fetisch, der übrig blieb. Das könnte mir so passen. Übrig für wen. Da wir beim Thema sind: es fehlen die Eltern. Eltern, ich hätte beinahe gesagt: wenn es sie gegeben hätte. Woher hätten sie kommen sollen. Bin ich denn euer Alptraumdeuter. Und so sind die Eltern getilgt, was unmöglich ist, und so sind Mutter Erde und Vater Globus getilgt, was möglich ist, und so sind wir im siebten Stockwerk eines Bürohauses am

Rand der Großstadt, falls das nicht auch unmöglich ist. Doch frei sein in der Unmöglichkeit ist niemals gestattet. Und deshalb gibt es weder mich noch die Schwester mit Notwendigkeit, und deshalb sind wir am Leben, um in diesem von Altmann & Brower für uns gemieteten Büro zu sterben. Falls nichts dazwischen kommt; mit Sicherheit kommt etwas dazwischen, aber es ändert nichts wirklich. So weit, so ungut. Nichts

worauf Rücksicht zu nehmen ist. Anstatt die Menschen, die mit Erde, Tieren, Wörtern und so weiter gemeint sind, aber eben nur gemeint sind, zu lieben wie einen Feind. Und je mehr Menschen ich kennenlerne, desto mehr kenne ich sie nicht. Kann doch auch witzig sein. Was übrigens nicht schadet, denn ich nehme mich als kleinsten gemeinen Nenner, und das übertrifft die düstersten Hoffnungen. Bei allem zusätzlich aufgewendeten Witz. Aber

auch das kann in die Hose gehen. Die Schwester wäscht die Honigspuren von ihrem Körper. Ich schwitze; kein Ersatz für die Bewegungen an Fluß und Ufer, doch der Hartgummistöpsel wird mich retten zuletzt. Die Schwester kocht, wenigstens einmal. Ich habe nichts einzuwenden gegen eine täglich ausgelebte Kochleidenschaft, aber die Schwester ißt nichts. Schließlich hat sie ihre Schnee-Eule zu versorgen, ob das Tier nun Lust verspürt, Mäuse zu jagen oder nicht. Altmann, erscheine; gemeinsam sind uns die Bedenken gegen das Tier im Büro; gemeinsame

Ablehnung der Schnee-Eule, gemeinsame Zuneigung zur Schwester; was weiß ich, was er für Liebe hält. Wie komme ich auf Altmann? Sollte doch nie wieder auftauchen. Auch ich wasche mich jetzt, ich steige sogar in den Bottich. Mehr der Abkühlung wegen; die Bettlaken sind längst getrocknet; die Schwester beobachtet mich aus den Augenwinkeln. Ich räume eines der Schließfächer aus, alles nach oben und in die Seitenfächer, eine ganze Skiausrüstung hätte Platz darin. Ich hocke mich hinein und schaue ins Büro. Eine kantige Schließfachmulde, viel Platz im Rücken, ich liege nicht, kein Vergleich zu einer Erdmulde. Doch das Gefühl, außerhalb des Büroraums zu sitzen. Für kurze Zeit, in der

Metallwand. Schutz bietet so eine Metallwand nicht, mit oder ohne Fach. Ein Versteck ist eine Metallwand auch nicht. Doch wozu verstecken, außer in der Höhle des Löwen, und die ist draußen. Am besten versteckt man sich mitten im Leben; die auffälligste Tätigkeit führt zur bestmöglichen Unsichtbarkeit; im hellsten und kältesten Licht, um nicht zu verbrennen, mitten unter den Menschen, am besten allen Menschen. Im ausgeleerten Schließfach bin ich unbeobachtet, von der Schwester abgesehen; trotzdem spüre ich den Blick unbeteiligter Augenpaare. Aber ich spreche nicht von einem Versteck; ich spreche vom Ende des Kampfes. Des Kampfes gegen die Einzelhorden; meine Schwester in den Vereinigten Staaten, wenn ich sie richtig verstanden habe, ich hier, wenn ich mich richtig verstehe. Als es uns noch gelang, jedem für sich, aus einer Einzelhorde ein einzelnes Mitglied herauszupicken. Eines nach dem anderen. Mit mehr oder weniger Erfolg; denn ein herausgepicktes Mitglied einer Einzelhorde ist zwar unfähig zum Kampf, es schlägt um sich im Höchstfall, rächt sich aber manchmal nach der Rückkehr in die Einzelhorde. Sie herauszupicken war die einzige Methode. Gegen die Erstschläge der Einzelhorden gibt es sonst keine Chance. Die Schwester und ich hatten diese Methode zusammen eingeübt, die Ausübung zu zweit jedoch ist nicht möglich. Auch nicht als kleinste gemeinsame Einzelhorde. Das war uns nie möglich. Die Mitglieder der Einzelhorden wesen gewöhnlich im Darm eines über- oder untergeordneten Einzelhordenmitglieds; wenn das keine Verstecke sind. Manchmal treten sie aber ins Rampenlicht. Am lebensfähigsten sind natürlich Einzelhordenmitglieder, die, im Darm eines Mitglieds einer übergeordneten Einzelhorde, möglichst in den höchst übergeordneten Darm des höchsten Mitglieds der höchsten Einzelhorde, die das berühmte Zehntausend aber nicht erreicht, übersiedeln und sich dort häuslich niederlassen. Auf jeden Fall wird das Verlassen der Einzelhordenflora oder -fauna strengstens geahndet. Nicht das Überwechseln, nicht das Hinaufwechseln oder Hinunterwechseln, sondern das Verlassen. Egal welcher Grund. Man stelle sich die Lebensläufe der Darmbewohner des ausgehenden zwanzigsten Jahrhunderts vor. Leben und Sterben. Man sage nicht, Leben und Sterben dieser Menschenkinder seien eine Geschmacklosigkeit, welche Einzelhorde soll das bestimmen, aber verlangen kann man schon, sich bei der unermüdlichen Beschreibung und Dokumentierung von Einzelhorden und besonders bedeutenden Darmbewohnern an die Spielregeln zu halten. Spielregeln der Einzelhorden oder einer von den Einzelhorden befugten Einzelhorde. Produziert mit Handwerk, Fleiß und Mikrochips. Endlich eine Aufgabe für Menschenkunst Staatskunst Gesellschaftskunst. Und jeder ohne festen Darmwohnsitz ab in ein Lager nach gutem deutschen Brauch. Schaut her, wer da allein herumlümmeln wollte. Uns durchdreht. Uns gar den warmen Darm verwickelt. Nun ja, ein Notateur, mit dem bekannten Handicap. Blind für Fauna und Flora, blind für die Kunst. Doch während zwei zum Schutz oder zur Entlastung der Kopfhaut hochgehobene Hände die Einzelhorden herausfordern, sind die Hände der Schwester auf meinem Kopf ein winziges Abschrecken. Oder meine Hände auf dem Kopf der Schwester. Mit oder ohne Kopfhaut. Die Hände verhindern nicht das Schlimmste, hemmen aber die Lust für den Erstschlag. Es gibt keinen Grund mehr fürs Überleben um jeden Preis. Die Schwester streckt mir die Arme hin; so tief sitze ich auch wieder nicht im Schließfach. Die Schwester zieht mich vorsichtig nach vorn, also in den Büroraum zurück. Nackt ist sie nicht mit dem schwarzen Männerhut tief in der Stirn. Wir stehen da, wir horchen vergeblich auf das Gepolter der aufbrechenden Angestellten unter uns; um diese Zeit sind sie aufgebrochen, eine ganze Arbeitswoche lang. Die Heizung kühlt langsam ab. Vielleicht erwischen wir den Morgen für einen frischen Luftzug. So wache ich auf

am einundzwanzigsten Tag auf dem Emailbett. Eine Hand mit spitz zugeschnittenen Fingernägeln schlitzt mir den Handrücken auf. Den Handrücken der rechten Hand. In aller Ruhe. Fast mit Routine; aber so gerade Furchen werden nur ein einziges Mal über den Handrücken gezogen. Weißes, aufgeschlitztes Fleisch bis hoch an die acht Ränder der Furchen. Die Hand ist geschockt,

die Hand ist geschockt. Die Schwester öffnet den Lastenaufzug, zerrt den Wasserkanister nach vorn, schraubt den Verschluß auf, geht in die Hocke und gießt sich das Wasser in den Mund und über das Gesicht. So laut die Ankunft der Angestellten war, so oft der Fahrstuhl ein Stockwerk tiefer anschlug, so still verrichten sie jetzt ihre Arbeit. Die Schwester beißt mir in den Rücken. Heute darf ich meine Hände nicht sehen, auch nicht die linke Hand, auch nicht die Hände der Schwester. Zwischen den Bissen sagt die Schwester, Leonardo da Vinci habe im Bildnis der »Belle Ferronnière« den Uccellohut in einer Halskette aufgelöst; viermal um den Hals geschlungen sei am Nacken der Uccellohut am Muster gut zu erkennen; er löse sich im Fallen auf in eine Halskette und in schwarz und hell einander ablösende Kettenglieder; die beiden Enden, unter der Brustschleife der Dame verknotet, verschwänden hinter einem waagrechten Holzbalken wie die übrige Frauenfigur. Der Uccellohut, der auch als Halsreif getragen werden kann, wird von Leonardo in eine Halskette aufgelöst. Diese Hüte habe ich in den europäischen Galerien und auf den Fresken gesucht, sagt die Schwester, die Uccellohüte und die Menschenaugen der Pferde. Ich könnte diesen Hut tragen, sagt die Schwester, weil es mein Hut ist. Er ist kein Ersatz für die Kopfhaut, aber er tröstet mich. Doch wie löse ich diesen Hut des Paolo Uccello aus den Bildern, da ich ihn tragen muß. Warum muß ich diesen vor mehr als einem halben Jahrtausend

gemalten Hut tragen, sagt die Schwester. Ich sehe sie nicht, während sie spricht. Sie beißt in mein Fleisch, aber wir greifen uns nicht mehr an mit Papierschere und Messern. Die Schwester schält einen Apfel, Altmann hat uns mit einem Früchtekorb bedacht. Sie schält alle Früchte. Eine halbe Stunde später erbricht sich die Schwester. Ich lege ihr nasse Tücher auf die Stirn. Die Schnee-Eule wendet uns den Rücken zu. Ich fege mit einem Stück Karton die Tierreste zusammen. Fliegt die Eule los, flüchte ich ins Zimmer der Schwester und halte mir die Ohren zu. Gleichzeitig der Hoffnungsschimmer, die Schwester spricht weiter. Ich warte; das muß sie doch wissen. Alles kann unaufhörlich ins abgeschlossenste Büro dringen durch die offenen Scheunentore der Körper und Kugelseelen. Oder durchschlagen, offen oder nicht. Sich durchzwängen zumindest. Durch den gehäuteten Schädel, unbegreifbar uns beiden. Außer der Entdeckung, daß es uns beiden geschah. Uns beiden geschieht. Die gleichen unbegreiflichen Zeichen, eingegraben in die skalpierten Schädeldecken; wie soll ich es begreifen, außer durch die Hände der Schwester. Die nicht die eigenen sind. Am Wasser; unnötig, den Vorgang zurückzurufen. Eine Entdeckung vor unserer Zeit. Die Hoffnung, die Kopfhaut würde nachwachsen. Wenn nicht sofort und wenn nicht bei mir, so bei der Schwester. Dann eben auch für mich, eine neue Kopfhaut. Wider jeden Anschein. Oder sie war da, sah ich nur scharf genug hin oder nur blind genug, Hauptsache sie war da. Die Schwester sah sie nicht, und ich spüre sie nicht. Die Schwester wäscht sich, ich schaue ihr zu. Ich gieße wieder Wasser in die Bierflaschen. Die Heizung röchelt. Die Schwester murmelt Wörter in einer Fremdsprache, die ich nicht kenne. Ich lege die Ohrmuschel an ihren Mund; diese Sprache besteht aus Zischlauten. Ich ziehe die Jalousien hoch, es ist Nacht, Künstlerpech. Ich öffne trotzdem das Fenster vor dem Starkstromkabel. Ich schaue auf den Osthafen hinunter; das S des Starkstromkabels ist mir im Rücken lieber mit dem ewigen kaum wahrnehmbaren Schwingen. Nicht zu vergessen der ebenfalls schwingende, sich an Wänden, Fenstern, Decke, Fußboden verzerrende Schatten des Kabels, je nach dem Licht oder der Dunkelheit. Fünfzehn Meter dahinter die Schnee-Eule in ihrer nächtlichen Unrast. Das Kabel zwischen uns wird sie abhalten, mich anzufliegen oder zum Fenster und auf und davon zu fliegen. Soll sie doch. Ich sehe einen Kran. Den Hafen und die Flußkrümmungen nach Norden und Süden. Durch Südtür und Nordtür des Zimmers sehe ich die Schwester auf dem Fußboden liegen. Sie schläft. Keine Sterne; Wolken; kein befreiendes Gewitter. Kein Windhauch. Ich atme in knappen Zügen wie in den Städten. Die Schnee-Eule landet auf einem der Kinosessel und schaut auf die Schwester hinunter. Manchmal streckt sie eine Kralle vor. Ich schließe das Fenster. Vorsichtig gehe ich in das Zimmer der Schwester und schließe die Türen. Hat die Schwester nicht gesagt, sie liest keine Bücher mehr? So sind die wenigen Bücher neben dem Bett und auf dem Tisch Bilderbücher, Bildbände, Fotobücher. Ich schlage eines der Bücher auf; die Schwester hat kein Licht in ihrem Zimmer. Ich lege das Buch zur Seite und suche nach einem Kerzenstummel. Nach einem Feuerzeug. Streichhölzern. Die Leuchtschrift; aber die ist außerhalb und verblaßt mit jedem Tag mehr. Ich suche die Sprühdose für einen Leuchtfleck, in dessen Schein ich die Bilder anschauen könnte, halte ich sie nur nah genug hin. Ich müßte den Abfallhaufen durchwühlen. Ich gehe durch die Südtür in einem großen Bogen um Schwester und Schnee-Eule zur Konservenwand. Behutsam ziehe ich eine Dose heraus, eine, die gut leuchtet. Möglichst weit oben, damit nicht zuviele herabfallen. Die Konservenwand bewegt sich, die Schrift verrutscht, die Wand stürzt aber nicht ein. Auf dem gleichen Weg zurück ins Zimmer der Schwester. Ich brauche einen Gegenstand, um die Dose aufzutwisten, ich habe Hunger. Ich finde einen Schlüssel, Fahrradschlüssel oder Kofferschlüssel. In der Dose sind halbkugelige Früchte in einer sämigen Soße, schmecken wie Essiggurke und Tomate. Zusammengelegt passen die Hälften fugenlos aneinander; ich esse

die Bälle bis auf eine einzelne Hälfte. Der Morgen ist nicht zu überhören mit dem Poltern des Fahrstuhls. Die Schwester liegt vor dem Bett auf dem Boden. Sie wacht auf und legt sich zu mir ins Bett. Keine Erinnerung; auch ohne Verbot. »Wenn Altmann wüßte«, sagt plötzlich meine Schwester, »daß wir nicht verrecken wollen.« »Sprich weiter«, sage ich. »Warum Altmann«, sage ich. »Kommt dir heute auch alles seitenverkehrt vor an diesem sechsundvierzigsten Tag«, sage ich. »Das stört mich nicht«, sagt die Schwester, »im übrigen ist heute alles seitenverkehrt. Wir gewöhnen uns daran«, sagt die Schwester. Ihr Gesicht, ich kenne es aus dem Spiegel, wenn ich neben ihr oder hinter ihr stehe. Ich schließe die Augen. Höchste Zeit. Und kein Schritt aus dem Bett heute, keine Bewegung nach Möglichkeit. Ich käme zwar ans gewünschte Ziel, über den Fußboden purzelnd und möglichst mit geschlossenen Augen. Beim ersten Schritt fiele ich über die Beine und Füße, denn ich müßte mir überlegen, wie man geht mit einem linken Bein, das das rechte ist, und einem rechten Bein, das das linke ist, und schon kracht man hin. Oder rennt gegen Wände beim Starren auf die eigenen Füße, die fremden. Und nur nicht auf den Herzschlag hören, damit man nicht das Herz auf der rechten Brustseite schlagen hört. Die seltenen Stiche in der Blinddarmgegend dagegen sind harmlos, weil ich den Blinddarm jeweils an die Stelle versetze, wo es nicht schmerzt. Jetzt einen Gang durch die Stadt. All die seitenverkehrten Schriftzeichen, Straßen, Gebäude, und niemand bemerkt die Seitenverkehrung, und alle verhalten sich, als schlüge ihnen das Herz links wie seit Menschengedenken. Ich höre die Schwester mit dem Geschirr klappern; mit einem seitenverkehrten Mund kann ich wohl essen ohne

Irritation. Täuschte mich wohl gestern mit dem sechsundvierzigsten Tag. Der letzte Tag, an dem die Angestellten von »Egyptian Import/Export« arbeiten bis zu den nächsten beiden Arbeitswochen. Ein Wunder, die Heizung bleibt kalt. An der Temperatur im Büroraum ist davon nicht viel zu spüren. Am Ende handelt es sich gar um ein Fieber, und das Büro ist angenehm kühl für jeden anderen, der es betritt. Die Schwester wechselt bei jeder neuen Tätigkeit oder Untätigkeit Mützen und Hüte. Manchmal in den gleichen Farben, manchmal in der Reihenfolge grün schwarz grau schwarz grün grau und von vorn. Die Kopfbedeckungen sind oft staubig, nicht alle; sie liegen unter ihrem Bett und werden je nach Bedarf hervorgeholt. Ein paar Hüte fand ich auch in den Schließfächern. Schlafe ich neben dem Bett meiner Schwester auf dem Fußboden, betrachte ich hin und wieder den Stoffberg in Augenhöhe; Farben sind allerdings kaum zu unterscheiden. Die Schwester betrachtet Bilder; sie heftet sie ans Fenster und setzt sich davor in den Sessel. Sie hantiert in ihrem Zimmer und sagt, mit einem grünen Hut, der eben noch schwarz war, es gebe keinen Strom und damit auch keine

Musik. Ich prüfe die Lichtschalter; es springt kein Licht an in den Neonröhren. Wir füllen leere Kartons mit Abfall und verstauen sie im Lastenaufzug. Wir greifen uns in die Münder und betasten die

Zähne. Die Zähne haben zugebissen. Wir haben mit den Zähnen begriffen, was wir begreifen konnten. Die Hände, die Zähne. Jedes Wort, das den Mund verläßt, trägt den Abdruck der Zähne. Jedes Wort hat diese Zähne; das war ein Wunsch. Aber jedes Wort bewegt die Zahnreihen. Die Zähne beißen die Laute. Es gelingt der Schwester und mir nicht mehr, unsere Zähne ineinander zu verbeißen. Die Schwester schüttet einen Kanister Wasser über den Fußboden. Sie setzt sich in die Lache. Ich zeichne mit einem Stück Kreide den Umriß der Wasserlache nach. Die Schwester stützt sich mit beiden Handflächen im Wasser auf. Die Schwester legt sich hin und rollt sich in der Lache. Die Schwester geht zur Schnee-Eule. Sie faßt das Tier behutsam unter die Flügel. Später zerlegt die Schwester ihre Musikanlage und wechselt die Sicherungen aus. Das Wasser verdunstet; es bleibt der Umriß aus Kreide. Das Starkstromkabel schwingt, von nichts bewegt. Die Kugelseele bestimmt, ob die Bürofläche sich dehnt oder ob sie sich an den Rändern auf uns zu krümmt. Ob die eintausendfünfhundertdreißig Kubikmeter Raum genügend Luft zum Atmen lassen für die Geschwister, eine Schnee-Eule und ein gutes Dutzend Mäuse. Von welcher Art die Steine dieses Hauses sind, deren Schreie wir abwarten, in aller Ruhe. Die Schwester zieht sich an. Rotes Kleid, grauer Hut. Sie zündet den Spirituskocher an und kocht Wasser für den Tee. Sie bringt den Tee ans Bett und schneidet grobe Brocken Brot aus einer Büchse. Wir tunken das Brot in den Tee. Die Schwester sitzt auf dem Bett, wir essen die nassen Klumpen.

»Du hast den gestrigen Tag verschlafen«, sagt die Schwester. »Verschlafen ist nicht das richtige Wort, du bist aufrecht im Bett gesessen mit offenen Augen, offene Augen ist nicht das richtige Wort, mit hochgeklappten Augenlidern. Du bist zur Seite gefallen und du hast weitergeschlafen. Wenn du auf diese Weise deinen Schlaf verbringst, wundert mich dein Schlafanfall von gestern nicht. Ich habe mit der Hand vor deinem Gesicht herumgewedelt, deine Augen haben sich nicht bewegt, du hast dich nicht bewegt. Altmann kam im Lastenaufzug. Ich wollte die Wasserkanister herausholen, da hockte er und grinste mich an mit einem Strauß Nelken. Wir waren verabredet, aber nicht im Lastenaufzug. Geliebter, du hast mir nichts erzählt von deiner Begegnung mit Altmann. Er blieb im Aufzug sitzen während unserer Unterredung. Im Gegensatz zu dir habe ich ihm aber nicht nur einen Spalt zum Luftholen gelassen. Ich will dich nicht beunruhigen; wir werden das Büro noch ein einziges Mal verlassen müssen.«

Die Schwester legt sich neben mich.

»Du weißt, unser Sohn ist in diesem verbrecherischen Internat«, sagt die Schwester, »es wird Zeit, ihn dort herauszuholen. Mit Vollendung seines fünfzehnten

Lebensjahres verlieren wir unseren Einfluß auf ihn, sagt Altmann. Schon jetzt darf er das verbrecherische Internat nicht mehr für immer verlassen. Wir haben uns beide nicht besonders um ihn gekümmert. Nun holen wir ihn; diesen Liebesdienst sollten wir ihm noch erweisen.«

Die Schwester richtet sich auf.

»Wie du weißt, haben wir unseren Sohn nach seiner Geburt von Meier-Demiurg & Söhne in das verbrecherische Internat bringen lassen. Müßig, darüber zu spekulieren, ob Meier-Demiurg das Verbrecherische dieses Internats übersehen hat, zu spät oder überhaupt nicht gesehen hat, oder ob das verbrecherische Internat von Anfang an verbrecherisch gewesen ist. Der alte Meier-Demiurg hat sich persönlich und rührend um unseren Sohn gekümmert. Vor drei Jahren habe ich Altmann & Brower mit der Betreuung unseres Sohnes beauftragt, Altmann hat unseren Sohn oft besucht, es fehlte ihm nichts, falls wir ihm nicht fehlten. Davon hat Altmann nichts bemerkt. Lorbas und Pinka Brower haben unseren Sohn ins Herz geschlossen. Leider hat Altmann, oder war es Brower, zu spät entdeckt, daß unser Sohn ein zukünftiges Versuchskaninchen ist. Ausgerechnet er besitzt angeblich jenes genetische Material, mit dem die staatliche Zuchtanstalt gesunde Bürger zu produzieren gedenkt. Das verbrecherische Internat wird privat geführt, doch einige Zöglinge sind, wie unser Sohn, gewissermaßen staatlich beschlagnahmt worden. Selbstverständlich hat Altmann, oder war es Brower, alles versucht, um unseren Sohn aus dem verbrecheri-

schen Internat herauszuholen, auf meinen Wunsch. Er hätte uns sogar eine Heiratsurkunde besorgt, wäre dadurch unser Sohn der genetischen Zuchtanstalt entgangen. Aber die Gesetze sprechen gegen uns. Ich habe mit Altmann verabredet, unseren Sohn morgen in der Nacht aus dem verbrecherischen Internat zu holen. Lorbas Brower wird mit von der Partie sein und du hoffentlich auch.«
Die Schwester schaut mir ins Gesicht. »Wir werden in dieses Internat einbrechen und unseren Sohn entführen. Lorbas und Pinka Brower werden ihn adoptieren, die Dokumente sind vorbereitet. Unser Sohn bekommt einen anderen Namen. Eine genetische Untersuchung wird an ihm zwangsweise nicht mehr vorgenommen werden können. Unser Sohn ist nach der Entführung durch Unbekannt verschollen. Altmann wird ihn als Gehilfen der Anwaltskanzlei einstellen. Unser Sohn hat zugestimmt. Mehr können wir nicht für ihn tun und mehr wollen wir auch nicht für ihn tun. Ist alles vorbei, kehren wir ins Büro zurück.«
Die Schwester steht auf. Sie wirft mir meine alten und frisch gewaschenen Kleider aufs Bett. Ich ziehe mich an. Wir schlafen miteinander in den Kleidern. Wir trinken Wasser. In der Mitte des Jahres. Höllisches Paradies. Hüte. Doppeltes Leben. Wir öffnen alle Fenster. Die Schwester hebt die Schnee-Eule vom Geäst und setzt sie auf den Fenstersims. Die Schwester klatscht in die Hände, die Schnee-Eule dreht den Kopf nach ihr um, schlägt mit den Flügeln. Das Tier blickt die Schwester an, dreht den Kopf und fliegt in den Hafen hinunter.

Wir stiegen in den Fahrstuhl. Die Luft stand; der Fahrstuhl rumpelte nach unten. Im Erdgeschoß erwartete uns Lorbas Brower als Empfangskomitee. Galant hielt er mit der Hand, über die er noch verfügte, die Tür auf. Vor dem Bürohaus standen wir herum; alle Steine, alle Schatten gut zu sehen in der Dämmerung. Ich setzte den Schnappsack ab, die Wasserflaschen klirrten. Lorbas Brower stippte unsichtbaren Staub vom Boxermantel, verdrehte sich dabei, um mit der rechten Hand den Saum auszuklopfen, bevor er beide Arme in den Taschen vergrub. Ein Wagen fuhr heran, die Scheinwerfer erloschen, Altmann stieg aus. Er steckte in einem hellen Anzug. Altmann winkte uns zu. Meine Schwester begrüßte er mit einem Kuß auf die Wange, dann streckte er Brower die Hand hin. Brower reichte ihm seinen Armstumpf. Ich bekam einen Schlag auf die Schulter. Brower eilte davon, verschwand um die Hausecke und näherte sich uns mit einem geräumigen Koffer. Auf dem Rücken baumelte eine zusammengeschnürte Rolle.

Altmann sagte: »Wohin geht die Reise?«

»Pinkas Idee«, sagte Brower, »außerdem sind wohl ein paar Dinge erforderlich für das Vorhaben. Proviant, Einbruchswerkzeuge, das Schlauchboot.«

»Welches Schlauchboot«, sagte Altmann, »wir sind nicht in Seenot.« »Du kannst meinetwegen schwimmen, wir anderen benutzen zur Überfahrt das Schlauchboot«, sagte Brower. Altmann lachte auf.

»Das Schlauchboot säuft ab, wenn du deinen Sarg hineinwuchtest«, sagte Altmann. »Wir setzen in einem Schelch über.«
»Einen Schelch benutzt man zum Fischefangen«, sagte Brower.
»Wir fangen aber keinen Fisch, sondern setzen über«, sagte Altmann. »Seine Schwester besteht auf einer Überfahrt in diesem Schelch. Ich übrigens auch.«
Brower ließ den Koffer und die Schlauchbootrolle fallen.
»Perfekte Vorbereitung«, sagte Brower, »dein leuchtender Anzug weist uns den Weg, sehr unauffällig.«
»Weiße Rohseide, mein lieber Brower«, sagte Altmann.
»Wir gehen«, sagte die Schwester.
Ich ging voran. Ich hoffte, Brower hatte auch einen Eimer in seinem Koffer zum Wasserschöpfen. Wir verließen das Hafengebiet. Der Schelch lag immer noch mit dem Bauch nach oben. Das Öl war ins Holz eingezogen, doch der Schelch klebte an jeder Planke, innen und außen.
»Ein Ölfaß«, sagte Brower.
»Ich hatte nicht das richtige Pech«, sagte ich.
»Er hatte kein Pech, immerhin nicht das falsche«, sagte Altmann, »ein Glückspilz.«
Wir kippten den Schelch und zogen ihn ins Wasser. Das Wasser sickerte durch die Ritzen. Brower stemmte den Koffer mit einer Hand und setzte ihn im Schelch ab, wir hielten den Kahn am Tau fest. Brower sprang in den Schelch. Er platschte mit den Füßen in die Pfütze am Boden. Er stieß einen Fluch aus.

»Keine weiteren Fragen, was den Zweck eines Schelchs betrifft«, sagte Brower, »ich denke, wir schwimmen auf der Stelle los.«
»Sag das mal deinem Überseekoffer«, sagte Altmann, »kein Wunder, daß der Kahn absäuft. Raus damit.«
»Moment«, sagte Brower, »wir sollten jetzt einige Dinge klarstellen, bevor es zu spät ist, bevor du dein übliches Chaos anrichtest.«
»Du behauptest doch nicht im Ernst, irgendein Schwimmer käme lebend am anderen Ufer an«, sagte Altmann. »Neben mir stehen noch zwei weitere Passagiere zum Klarstellen.«
»Ich rede aber zu dir«, sagte Brower. »Ich war gegen diese unnötige Vergeudung meiner Nachtruhe. Ich habe ein paar Leute, die diese Sache im Handumdrehen und lautlos besorgen, wenn du in deiner Armee niemanden findest. Ich wäre sogar mitgegangen, damit dem Jungen nicht aus Versehen ein Haar gekrümmt wird. Außerdem wären wir in einem geräumigen Wagen hingefahren, und zwar über eine sechsspurige Brücke. Ruckzuck hätten wir es am hellichten Tag hinter uns gebracht.«
»Da kennst du Strongo schlecht«, sagte Altmann, »Strongo riecht dich und deine Leute auf drei Kilometer.«
»Er riecht auch nachts und er riecht auch uns«, sagte Brower. »Tagsüber eine auf die Rübe und die Sache wäre gelaufen.«
»Nachts schläft er«, sagte Altmann, »Strongo mit eingeschlagenem Schädel, das fehlte noch.«

»Ich hätte den Jungen herausgeboxt«, sagte Brower.

»Ich habe meine Gründe«, sagte Altmann. »Außerdem will seine Mutter ihn jetzt haben und nicht, wenn er als Erbgutspender ausgelutscht ist.«

»Will sie ihren Sohn oder will sie eine Nachtwanderung nebst gemütlichem Beisammensein auf einer Riverboatshuffle«, sagte Brower.

»Frag sie, sie steht neben dir. Und hinter dir steht der Kindsvater«, sagte Altmann.

»Heilige Scheiße«, sagte Brower.

»Außerdem, lieber Compagnon, machen wir einen kurzen Abstecher zum Schuppen. Eine neue Ladung ist eingetroffen. Kontrollgänge finden wie üblich nachts statt«, sagte Altmann.

»Aber mit deinem Wagen, und da kann ich mich bis zur Ankunft beim Schuppen vollaufen lassen«, sagte Brower. »Den Anblick von so viel Wasser überstehe ich nur mit einem konstanten Alkoholpegel.«

»Hier überstehst du sogar noch eine ganze Menge Wasser mehr«, sagte Altmann, »du kriegst zwar nasse Füße, gehst aber nicht unter. Wahrscheinlich hat unser Freund den Schelch mit Flußwasser eingestrichen. Aber von unserem Quellwasser verschwindet mir etwas zu viel in letzter Zeit.«

»Quellwasser!« rief Brower, »erst Strongo den Schädel spalten, ohne daß seine Rübe einen Schaden erleidet, dann eine Großrazzia von vier Wandervögeln im Wasserschuppen, gibt es heute nacht noch irgendeine Konferenz, die bei Mondenschein auf irgendeinem Misthaufen abgehalten werden muß?«

»Für die Überfahrt und die fünf bis sechs Kilometer zu Fuß brauchen wir keine ganze Nacht«, sagte Altmann.

»Schluß jetzt«, sagte meine Schwester, »wir brechen auf.«

Der Main hatte keine Strömung. Aber einen Namen. Ich bin hier gelandet, weil meine Schwester hier für uns das Büro hatte mieten lassen. Landen ist gut, sieht eher nach Stranden aus. Weit und breit aber kein Strand. Es gab wenige Stellen dieses Flusses namens Main, da war er wenigstens eine träge Brühe. Bewegte sich also, nahm man einen Strohhalm zu Hilfe und brachte genügend Zeit mit. Um den Strohhalm zu verfolgen. Der Main bewegte sich an solchen Stellen auch ohne Strohhalm, aber unsichtbar. So viel zum Thema »Geheimnisse der Natur«; kein Wunder, daß wir uns in die Niederungen des Geistes flüchten.

»Es gibt einen Wetterbericht, warum müssen wir in einer Nacht herumirren, in der dein Leuchtanzug unsere einzige Lichtquelle ist«, sagte Brower.

»Wir sehen genug«, sagte Altmann. »Es wird noch finsterer, wenn wir uns dem Internat nähern.«

»Am Ende dringen wir sogar dort ein«, sagte Brower.

Wir setzten uns ans Mainufer, die Modalitäten der Überfahrt wollten ausgehandelt sein. Ich wurde auf die Suche nach den Rudern fortgeschickt; ich hatte sie versteckt, weil ohne Ruder der Schelch für einen Fremden nicht zu gebrauchen war. Der hätte den Schelch ins Wasser stoßen können; weit wäre er nicht hinausgeglitten oder gar abgetrieben. Einige Meter,

Ende der Fahrt. Ich hatte das Versteck für die Ruder vergessen. Zweimal stolperte ich; einmal schlug ich zu Boden; das erste Mal über ein Eisenrohr, das zweite Mal über eines der Ruderblätter, doch da fing ich mich gerade noch. Das Ergebnis der Verhandlung lautete bei meiner Rückkehr wie folgt:
ERSTENS: Altmann und meine Schwester setzen über den Main.
(Es fällt mir nicht leicht, Altmann und meine Schwester im Schelch zu wissen. Es versöhnt mich jedoch, daß Altmann zurückrudern muß. Brower ist die private Benutzung des Schlauchboots untersagt. Er hatte ferner seinen Boxermantel auszuziehen und ihn als Polster und Schutz vor dem Öl zur Verfügung zu stellen. Der Boxermantel hängt über den beiden Sitzbänken, zwei quergenagelten Brettern. Altmann rudert, meine Schwester schöpft Wasser mit dem Schnappsack; sein Inhalt liegt verstreut an der Böschung. Bei der Ankunft vom jenseitigen Ufer steht Altmann bis zu den Waden im Wasser. Er fürchtet, die letzten Meter schwimmen zu müssen. Ich darf ins Mainwasser steigen und den Schelch leerschöpfen. Ich hätte es vorgezogen, auf einem Taschenrechner alle Möglichkeiten von Überfahrtgeschwindigkeit, Schöpfungsleistung, eindringender Wassermenge, Wassergeschwindigkeit und Wasserwiderstand, und das bei den jeweiligen Kombinationen des Personals unter Berücksichtigung von Koffergewicht und Schnappsack, durchzurechnen.)
ZWEITENS: Altmann und ich setzen über den Main.

(Ich rudere, Altmann schöpft Wasser. Altmann steigt aus; ich rudere zurück zu Brower. Das Wasser steigt, Schuhe und Strümpfe und Hosenbeine durchgeweicht. Ich sacke im Schelch zusammen, Brower schöpft Wasser aus dem Schelch.)
DRITTENS: Brower, der Koffer und ich setzen über den Main.
(Brower setzt seine Tätigkeit fort, ich rudere, doch nicht mehr mit der Hetze von vorhin. Wir kommen am jenseitigen Ufer an, Altmann und meine Schwester sitzen nebeneinander mit nackten Füßen. Wir ziehen den Schelch an Land. Brower und ich ziehen Schuhe und Strümpfe aus. Brower hängt seinen Boxermantel zum Trocknen über ein Gebüsch.)
»Die Hauptsache haben wir hinter uns«, sagte Altmann.
»Und nasse Füße«, sagte Brower.
»Keine Übertreibung«, sagte Altmann, »bei dieser Witterung sind nasse Füße eine willkommene Abkühlung. Am Ende wartet Pinka auf Lorbas mit einem dampfenden Fußbad. Und tu uns allen den Gefallen, nicht noch einmal über diese Unternehmung nachzudenken.«
»Es lebe das Abenteuer«, sagte Brower.
»Denk an deine löchrigen Venen und die Krampfadern«, sagte Altmann.
»Der Gedanke an unsere Geschäftsbücher genügt für einen frühen Tod«, sagte Brower. »Ich übergebe dir die Ausrüstung mit Eispickel, Kompaß, Schnorchel und Sauerstofflasche, den Fallschirm und das Operationsbesteck für defekte Gehirne.« Altmann warf

einen Schuh nach Brower. Wir schauten auf das Wasser. Schräg über dem Fluß das Gerümpel des Osthafens mit dem Bürohaus als Schatten. Brower sagte:
»Zwitschern wir einen und bringen wir es hinter uns.«
Er schloß den Koffer auf, entnahm ihm eine Flasche, drehte den Verschluß auf und trank. Meine Schwester war die nächste, dann ich; Zwetschgenschnaps; zuletzt Altmann. Brower warf uns Dosen zu. Wir rissen das Aluminiumbesteck von den Dosen und tauschten sie während des Essens. Ich hielt mich an das Brombeermus.
Noch einmal brachen wir auf. Die Socken waren getrocknet, die Schuhe steif und feucht. Altmann und Brower kickten die Dosen in den Main. Die Schwester nahm die Schnapsflasche an sich, Brower entlastete den Koffer, indem er mir den Wasserkanister zum Tragen gab, Altmann führte die Schwester. Brower hing bald zurück, oft setzte er den Koffer ab. Ich wechselte den Wasserkanister und den feuchten Schnappsack alle hundert Meter von einer Hand in die andere. Ich fiel in einen Trott und orientierte mich bald nur noch an der hellen Gestalt von Altmann. Wir gingen auf einem Pfad, der sich verbreiterte, bis ich mir eine der beiden Radspuren aussuchen konnte zum Weitergehen oder den Grasteil in der Mitte. Wir waren in einem spitzen Winkel vom Main abgekommen, nach meinem Gefühl, und immer geradeaus gelaufen, nach Nordost. Zwanzig Meter vom Flußufer entfernt begann für mich fremdes Gebiet; ich

hatte mich die letzten drei Jahre immer dicht am Ufer gehalten, die vereinzelten Ausflüge in Städte und Dörfer fallen nicht ins Gewicht. Dürres Gebüsch, hohes Gras, niedriges Gras in der dumpfen Einheitsfarbe. Immerhin gab es einige Sterne zwischen einem zerfahrenen Gewölk ohne Leuchtkraft. Der Geruch der Landschaft mischte sich mit pflanzen- tier- und menschenfeindlichen Gerüchen zu einer grauen Watte. Ich hörte Brower hinter mir herhecheln; er überholte mich, rief mir einige Worte zu und war schon an mir vorbei. Altmann und meine Schwester blieben stehen. Jetzt erkannte auch ich die Silhouette des Schuppens, und das schwarze Band dahinter war der Fluß. Dieser Schuppen war mir nie aufgefallen; wir schlugen einen Halbkreis; die dunklen Erhebungen zwischen Fluß und Schuppen entpuppten sich als Lastwagen.

»Schauen wir uns die Szene aus der Ferne an«, sagte Brower.

»Es schadet dir nicht, deinen Kanzleiarsch einmal zu lüften«, sagte Altmann.

»Du solltest dir deine Worte für Strongo und deine Kräfte für Strongos Schädel aufsparen«, sagte Brower.

»Es gibt andere Mittel, Strongo ist Geschäftsmann«, sagte Altmann.

»Warum hast du ihn dann nicht bestochen, bis er dir alle seine wichsenden Knaben als Kanzleigehilfen zur Verfügung stellt?« sagte Brower.

»Tu mir bitte einen weiteren Gefallen«, sagte Altmann, »du führst die Kanzlei, ich die Geschäfte.«

»Dann verrate mir ein kleines Geheimnis«, sagte Brower. »Warum führst nicht du die Kanzlei, du bist Anwalt, ich habe nicht einmal die Zulassung zum Studium der Rechte.«
»Mein lieber Brower«, sagte Altmann, »dafür gibt es Gründe. Erstens genügt meine Unterschrift auf den Papieren, die du mir unter die Nase hältst. Zweitens habe ich nicht halb so viel Ahnung von den Gesetzen wie du.«
»Anordnungen!« brüllte Brower, »es gibt nur noch Anordnungen!«
»Du siehst, nicht einmal das weiß ich«, sagte Altmann. »Mein Studium hat mir in dieser Hinsicht nicht viel genützt. Drittens hast du keine Ahnung vom Geld, was in krassem Widerspruch zu deinen Fähigkeiten als Buchhalter steht. Dir fehlt das erotische Verhältnis zum Geld, mein Lieber«, sagte Altmann, »eine destruktive und unheilbare Macke. Viertens ödet mich die Kanzlei an, aber ohne Anwaltskanzlei keine Geschäfte. Fünftens benutze ich den Vollständigkeitswahn der Autodidakten und ihren Zwang, ständig beweisen zu müssen, daß sie keine Fehler machen und selbständig sind. Und sechstens klopft dir Pinka Brower auf deine fünf Finger, wenn du meine Arbeit tust.«
»Pinka weiß genau, was du tust!« rief Brower.
»Pinka Brower hat einen intakten Verstand und eine Schwäche für mich«, sagte Altmann, »und ich habe eine Schwäche für dich. So erfreut sich jeder an seiner Schwäche.«
»Heilige Scheiße«, sagte Brower.

»Du wiederholst dich«, sagte Altmann.
»Sag jetzt nicht, du hättest keine Lust mehr, im Schuppen nach dem Rechten zu sehen«, sagte Brower.
»Ich habe keine Lust mehr«, sagte Altmann.
»Ich gebe auf«, sagte Brower und nahm der Schwester die Schnapsflasche aus der Hand.
»Endlich«, sagte Altmann, »was für ein schöner Anfang.«
Er ging auf den Schuppen zu. Der Schuppen geriet in Bewegung. Menschen drängelten sich aus den Türen, sprangen in die Lastwagen, ein Tor wurde aufgeschoben, Motoren sprangen an, Wagenstapler holperten zwischen Lastwagen und Schuppen, Kanister wurden ein- und ausgeladen, die ersten Wagen fuhren davon. Wir setzten uns auf die Erde. Altmann kehrte nach einer Viertelstunde zurück.
»Na also«, sagte Altmann.
Brower trank.
»Na, sag's schon«, sagte Altmann.
»Du solltest einen Nachtwächter einstellen. Wie wäre es mit einem Autodidakten?« sagte Brower.
»Was glaubst du, wie viele Leute hier herumlungern, die ihre Augen offen halten sollen?« sagte Altmann.
»Das sehe ich«, sagte Brower. »Ich nehme den Job an.«
»Ich kann nicht noch die Kontrolleure kontrollieren lassen«, sagte Altmann.
»Sag bloß, sie sind alle damit beschäftigt, nach Bullen oder ›Eis-Wasser‹-Fritzen Ausschau zu halten«, sagte

Brower. »Bist du sicher, daß sie nicht längst für ›Eis-Wasser‹ arbeiten? Das merkt doch kein Schwein, ob ›Eis-Wasser‹ in der Büchse ist oder unser angebliches Quellwasser. Bestimmt haben deine Leute die ›Eis-Wasser‹-Nixen an den Wänden des Schuppens verhängt mit Rücksicht auf dein schreckhaftes Gemüt.«
Altmann riß Brower die Flasche aus der Hand und schleuderte sie in die Dunkelheit. Es klirrte.
»Schade«, sagte Brower, »ich hätte sie gefunden.«
Meine Schwester war eingeschlafen. Altmann rüttelte sie leicht an der Schulter, ich schlug ihm auf die Hand. Altmann legte sich die Schwester über die Schulter. Brower hängte sich den schlaffen Schlappsack über und packte den Wasserkanister. Ich stand mit dem Koffer da. Brower oder Pinka Brower hatte offensichtlich jede freie Ritze mit Wackersteinen ausgefüllt. Lorbas, Pinka Brower und Gott allein wußten, zu welchem höheren Zweck. Ich entdeckte Räder am Koffer; ich stieß sie mit dem Fuß, bis sie aus ihren Buchten hervorsprangen. Alter Main, stinkende fischlose Sudelgrube. Hörte ja niemand, wenn ich dachte. Ich faßte den Quergriff. Vorn mußte ich den Koffer anheben, er war aber zu ziehen mit einem jämmerlichen Quietschen. Alle paar Schritte krachte er auf die rechte oder linke Seite. Ich ging rückwärts, beobachtete das Schwanken des Koffers. Auf den Weg achten, vorwärts, auf den Koffer achten, rückwärts, insgesamt vorwärts. Jetzt eine weite Fläche mit Auen. Alles Gebüsch verschwand. Eine dunkle Erhebung. Altmann hatte die Schwester ins Gras gelegt;

Brower legte sich daneben; sie verschnauften, bis ich herankam. Eine Kuh, lange Hörner. Sie wuchs beim Näherkommen. Eine schwarze Kuh auf einem Podest. Wandte nicht einmal den Kopf. Kaute auch nicht. Starr geradeaus, quer zu uns. Wolken trieben auf uns zu.

Unter dem eisernen Ur

Es regnete. Anfangs eine Erfrischung. Die Kleider wurden naß. Wir flüchteten unter den Bauch des eisernen Tieres. Brower zog seinen Mantel aus und breitete ihn zwischen den Hufen über den Sockel. Wir legten die Schwester in die Mitte und drängten uns an sie heran; Brower hockte zu Füßen der Schwester, Altmann am Kopf, ich an der rechten Seite. Altmann bedeckte die Schwester mit seiner Jacke. Brower klopfte mit dem Fingerknöchel an eines der eisernen Beine.

»Hohler Ochse«, sagte Brower.

»Sieht eher nach Stier aus«, sagte Altmann.

»Ochse oder Stier ist doch egal, wenn dir solche Rieseneier das Kreuz eindrücken«, sagte Brower.

»Es ist aber ein Ur«, sagte Altmann.

»Sehr originell als Uhr«, sagte Brower.

»Eine Uhr mit Schwanz und Rieseneiern«, sagte Altmann, »du hast mir vielleicht ein Herz für die Nöte der Kunst. Am Schwanz und den Eiern erkennst du dieses Viech nicht, sondern an den Riesenhörnern.«

»Meinetwegen«, sagte Brower, »die Kunst erkenne ich an allen drei Kriterien nicht.«
»Ein Kunstwerk von Meier-Demiurg«, sagte Altmann.
»Diese Nacht ohne Meier-Demiurg«, sagte Brower.
»Du hast ihn immer noch nicht im Schwitzkasten«, sagte Altmann, »wieso nicht, er steht am Rande der Bahre.«
»& Söhne«, sagte Brower, »du vergißt & Söhne.«
»Eben nicht«, sagte Altmann, »über uns steht einer.«
»Ich denke, das ist Kunst«, sagte Brower.
»Darüber läßt sich streiten«, sagte Altmann, »es ist auf alle Fälle der ›eiserne Ur‹ von Willi Meier-Demiurg.«
»& Söhne«, sagte Brower.
»& Söhne«, sagte Altmann. »Der alte Meier-Demiurg hat nicht nur immer noch die größte Anwaltskanzlei, seine Söhne sind auch die bestbezahlten Bildhauer.«
»Mitten auf der Wiese«, sagte Brower.
»Mitten in der Wüste«, sagte Altmann, »& Söhne werden sogar bezahlt, wenn sie eine eiserne Schnecke auf den Mond stellen.«
»Um den Alten mach dir keine Sorgen«, sagte Brower.
»Warum schmeißt dieser alte Knochen auch ohne & Söhne seinen Laden?« sagte Altmann.
»& Söhne hatte ich im Sack«, sagte Brower. »Ich wunderte mich, weshalb ich sie nicht mehr im Gericht traf.«

»Weil«, rief Altmann, »& Söhne jetzt Millionen machen mit ihren gußeisernen, bronzenen und hölzernen Kunst-Werken!«
»Nützlich beim Spazierengehen, wenn einen der Regen überrascht«, sagte Brower.
»Ist es zuviel verlangt, ein Auge auf Meier-Demiurg zu werfen?« sagte Altmann. »Sobald nur ein einziger von & Söhnen die Kanzlei verläßt, hast du das festzustellen, die Gründe aufzudecken, sie mir mitzuteilen und eine Gegenstrategie auszudenken.«
»Diesem Viech läuft das Wasser die Hinterbacken herunter«, sagte Brower. »Ich hätte es neben unserem Wasserschuppen aufgestellt und in seinen Bauch einen Beobachter gesetzt. Oder wenigstens einen Geldschlitz angebracht für die Benutzung als Regenschutz.«
»Dir gibt es nicht zu denken, daß dieses Viech auf der Wiese steht«, sagte Altmann.
»Zum Fressen jedenfalls nicht«, sagte Brower. »Sag schon, wie & Söhne die Millionen kassieren.«
»Meier-Demiurg zeugt erstmal Söhne«, sagte Altmann.
»Gott behüte«, sagte Brower, »nichts leichter als das. Warum zeugst du keine Söhne, wenn soviel herausspringt.«
»Oder Töchter«, sagte Altmann, »aber wer weiß schon vorher, welche Macken sie haben.«
»Haben & Söhne Macken?« sagte Brower.
»Darauf kannst du Gift nehmen«, sagte Altmann. »Der älteste von & Söhnen ist Willi. Er machte vor Jahren einer Frau ein Kind und verschwand. Der alte

Meier-Demiurg tobte, als sein Sohn die Kanzlei verließ. Willi besorgte sich Tierbücher und befaßte sich ausschließlich mit dem Kopieren von Tierbildern. Dann baute er Modelle und goß diese Tiere in Eisen nach. Er stellte sie aus und verkaufte sie. Willi Meier-Demiurg ist von der Idee besessen, jeweils das Tier zu sein, an dem er gerade arbeitet. Der Künstler lief im Fell und mit den riesigen Hörnern herum, als er den ›eisernen Ur‹ herstellte. Er brüllte wie ein Ur, obwohl niemand, er eingeschlossen, wußte, wie ein Ur brüllt.«
»Haarsträubend, was einem die Verzweiflung diktiert«, sagte Brower.
»Du vergißt die Folgen«, sagte Altmann. »Der alte Meier-Demiurg staunte nicht schlecht über seinen geschäftstüchtigen Sohn. Schließlich gab es ja noch Frank für die Kanzlei. Ohne echte Begeisterung arbeitete Frank, traf sich aber heimlich mit Willi, der brachte ihn wohl auf den Geschmack mit den gußeisernen Tieren. Frank benutzte allerdings nach kurzer Zeit Kastanienholz, das mit den Jahren immer härter werden soll, für all die Jahrhunderte nach uns; das sagt allein schon alles über Franks Macke. Franks Kastanienholztiere rosten nicht im Gegensatz zu Willis Urtieren. Hier«, sagte Altmann und fuhr mit den Fingern die Schweißnaht am Hals des Tieres entlang. »Aber Willis Tiere werden eingeschmolzen, sobald sie rosten, neu gegossen und wieder verkauft. Du ahnst vielleicht, um welche Umsätze es sich dabei handelt. Franks Tiere sind die gewöhnlichsten, Hunde zum Beispiel oder Schweine. Oder Elefanten, klein

wie Stecknadelköpfe auf elefantenhohen Sockeln, oder Käfer, riesig wie Häuser.«

Brower schneuzte sich und wischte die Hand am Boxermantel ab. Altmann sagte:

»Seit Jahren ringt Frank mit dem Tode. Er ringt pausenlos und macht dem alten Meier-Demiurg die Hölle heiß mit der Ankündigung, die Kanzlei zu verlassen. An Franks baldigen Tod glaubt allerdings Frank als einziger. Franks Gestalt ist schmächtig, sein Umsatz reicht nahe an den von Willi heran. Freilich könnte der alte Meier-Demiurg ruhiger schlafen, wenn er in Sonny einen neuen Mann hätte, falls Frank schlapp macht«, sagte Altmann.

»Deine Sorge um Meier-Demiurgs Schlaf rührt mich«, sagte Brower.

»Für uns ist es besser, wenn er nicht so gut schläft«, sagte Altmann.

»Solange du dafür sorgst, daß wir kein Auge zutun, genügen Meier-Demiurg ein paar Minuten pro Nacht«, sagte Brower.

»Eine schlaflose Nacht wird dich nicht umbringen«, sagte Altmann. »Willst du nun hören, was mit & Söhnen los ist oder nicht.«

»Das Ende des Regens wäre mir lieber«, sagte Brower.

»Auf diese Weise machst du Meier-Demiurg nie fertig«, sagte Altmann, »Sonny ist seine schwache Stelle.«

»Seine schwache Stelle Nummer drei, falls ich richtig gezählt habe«, sagte Brower.

»Meier-Demiurgs schwache Stellen schwächen offensichtlich nur dich«, sagte Altmann. »Sonny schafft den Alten, mein Lieber. Sonny fing erst gar nicht mit dem Studium an. Er half ab und zu als Kanzleigehilfe aus. Und das bis zu seinem vierzigsten Jahr. Meier-Demiurg gab ihn immer als Anwalt aus, beliebter Witz unter Kollegen. Ich möchte nur wissen, welche Söhne du im Gericht gesehen haben willst.«

»Es springen immer einige Burschen herum, wenn Meier-Demiurg auf der Bildfläche erscheint«, sagte Brower.

»Glänzende Schlußfolgerung«, sagte Altmann. »Während du angeblich & Söhne im Gericht unter die Lupe genommen hast, turtelte Sonny in aller Stille mit Willi und Frank.«

»Turteln ist das richtige Wort«, sagte Brower.

»Sah wie Turteln aus«, sagte Altmann, »tiefe Leidenschaft zur Bildhauerei. Die drei hätten sich auch gefunden, wenn sie eine andere Wahl gehabt hätten.«

»Und Sonnys Tiere?« sagte Brower.

»Sonnys Tiere sind Überreste von Tieren. Aas. Sonny gießt Aas in Bronze«, sagte Altmann.

»Stinkt wenigstens nicht«, sagte Brower.

»Scheußlich anzusehen«, sagte Altmann. »Sonny verkauft sein Aas allerdings nicht ganz so gut wie Willi und Frank ihre Tiere. So ist das mit Meier-Demiurg & Söhne.«

»Und der Kunst«, sagte Brower, »eine richtige Schwachstelle. Wie Lemminge, die noch schnell markieren. Aber es gibt Hoffnung: Sonys Macke.«

»Traurig, wenn ich das noch sagen muß«, sagte Altmann, »angesichts der Herstellung von Aas.«

»Aus Bronze«, sagte Brower, »den Leuten gefällt es.«
»Woher weißt du das«, sagte Altmann.
»Die Leute kaufen es«, sagte Brower.
»Das ist es ja«, sagte Altmann.
»Ich habe verstanden«, sagte Brower, »Anwaltskanzlei adieu. Meine Tiere sind aus Kuhscheiße.«
»Blutiger Anfänger«, sagte Altmann, »und worüber sollen die Leute reden, über Kuhscheiße?«
»Manche Leute reden pausenlos über die Liebe, warum nicht auch pausenlos über Kuhscheiße?« sagte Brower.
»Wenn du sie für Kuhscheiße begeisterst«, sagte Altmann.
»Dann reden wir über die Liebe«, sagte Brower. »Warum verplemperst du deine Zeit mit seiner Schwester?«
»Aus demselben Grund, weshalb du deine Zeit mit Pinka Brower verplemperst«, sagte Altmann, »Ende der Unterhaltung.«
»Quod erat demonstrandum«, sagte Brower, »Kuhscheiße ist ergiebiger.«
»Verwende deine Halbbildung lieber darauf, wie wir Meier-Demiurg aufs Kreuz legen«, sagte Altmann. »Sonny hat tatsächlich die beste Macke von allen drei Söhnen. Er glaubt, er sei der einzige Mensch auf Gottes Erdboden.«
»Weitverbreitete Unsitte«, sagte Brower, »und worin besteht die Macke?«
»Ich hätte gern so einen Sohn«, sagte Altmann, »Sonny fällt nämlich über jeden her, der ihm über den Weg läuft, um auch der einzige zu bleiben.«

»Erstaunlich, daß ihm Zeit zum Arbeiten bleibt«, sagte Brower.
»Meier-Demiurg hat ihm eine Fabrik gebaut, dort gießt er sein Aas«, sagte Altmann.
»Bräuchte nur abzuhauen, schon wäre Meier-Demiurg geliefert«, sagte Brower. »Unser kleiner Einbruch bei Strongo als Generalprobe für Sonnys Ausbruch.«
»Sonnys Aasfabrik ist eine Festung«, sagte Altmann. »Außerdem hat Meier-Demiurg noch jedes Mal sein Nesthäkchen dem Zugriff der Justiz entzogen.«
»Und welchen Schluß ziehen wir aus alledem?« sagte Brower.
»Meier-Demiurg hat die Macken von & Söhnen vergoldet«, sagte Altmann.
»Aha«, sagte Brower.
»Großartig«, sagte Brower.
Sie rückten näher an die schlafende Schwester. Sie legten sich rechts und links neben sie, ich hockte mich vor die sechs Füße unter den Kopf des eisernen Ur. Altmann und Brower stützten ihre Köpfe auf und redeten über den Körper meiner Schwester hinweg.
»Reden wir also über die Liebe, die Kunst und die Kuhscheiße«, sagte Brower, »ein umfassender Gesprächsstoff.«
»Du vergißt Strongo«, sagte Altmann.
»Strongo, Strongo, wann hast du jemals Strongo zu Gesicht bekommen«, sagte Brower. »Pinka Brower schickt mich alle drei bis vier Wochen in Strongos Internat, noch nie habe ich Strongo angetroffen.«
»Strongo ist eben diskret«, sagte Altmann. »Je weni-

ger er sich um die Erziehung kümmert, die so oder so in die Hose geht, desto mehr Zeit hat er fürs Geschäft.«

»Eine Würstchenbude erfüllt den gleichen Zweck«, sagte Brower.

»Strongo ist eben ein genialer Erzieher und zugleich Geschäftsmann«, sagte Altmann, »das beweist allein die Tatsache, daß er so gut wie nie anwesend zu sein scheint.«

»Außer heute nacht«, sagte Brower.

»Nachts gibt es nichts zu erziehen«, sagte Altmann.

»Aber nachts kann man Geschäfte machen«, sagte Brower.

»Du läßt dich doch nicht von Strongo ins Boxhorn jagen«, sagte Altmann.

»Nicht wenn ich ihm die Birne weichklopfen darf«, sagte Brower.

»Strongo ist ein Krüppel«, sagte Altmann, »er hat Kinderlähmung.«

»Sehr passend für einen Internatsvorsteher«, sagte Brower, »keine Frage, ein gefährlicher Mann.«

»Unterschätze ihn nicht«, sagte Altmann, »er bläst dir noch von seinem Rollstuhl das Licht aus.«

»Mächtige Puste«, sagte Brower, »und da läßt du mich ahnungslos in die Falle tappen. Ich hätte ihn mit einem zusammenklappbaren Rollstuhl erledigt.«

»Ein Affenzirkus«, sagte Brower.

»Du könntest ruhig eine gewisse Reihenfolge in unserem Gespräch einhalten«, sagte Altmann.

»Es regenet immer noch«, sagte Brower, »aber vom Ende des Regens her gesehen nicht mehr so lang wie

vor unserer Unterhaltung. Warum bringen wir die Sache nicht hinter uns? Wir gehen einfach los, wir können ja beim Gehen die Mäuler aufsperren. Wir bräuchten uns nicht zu unterhalten und hätten außerdem das kostbare Naß im Schlund, wofür unsere Kunden blechen, bis sie schwarz werden.«
»Alle brauchen nur die Köpfe ins Freie zu hängen«, sagte Altmann, »so schnell platzt ein Jahrhundertgeschäft.«
»Ich ziehe Zwetschgenschnaps vor, ich wasche mich sogar mit Zwetschgenschnaps«, sagte Brower. »Warum läßt du den Regen nicht auffangen, setzt ein paar Geschmacksstoffe dazu und kassierst ab.«
»Und wie machst du die Leute scharf auf ein Wasser, das mir nichts dir nichts vom Himmel fällt?« sagte Altmann.
»Klappte doch lange genug«, sagte Brower.
»Besser ist es, jeder denkt bei Regen sofort an das gute Quellwässerchen von Altmann & Brower«, sagte Altmann.
»Bei Regen denkt jeder an Sauwetter«, sagte Brower.
»Nicht wenn alle das Regenwasser saufen müssen«, sagte Altmann.
»Und wo bleibt der Kitzel des Verbotenen?« sagte Brower.
»Das Regenwasser ist vergiftet, solange es nicht in unserer Flasche ist«, sagte Altmann. »Wir veredeln ein Naturprodukt. Die heimatliche Natur macht uns gesund, nicht das Polareis.«
»Die ›Eis-Wasser‹-Nixen sind unschlagbar«, sagte Brower.

»Verbotenes Regenwasser trinken ist besser«, sagte Altmann. »Alles um uns sprießt und gedeiht, da liegt es doch nahe, die Früchte der Natur zu genießen.«

»Es wimmelt geradezu vor Natur«, sagte Brower.

»Wenn du es natürlich nicht siehst«, sagte Altmann.

»Ich sehe vor allem einen großen Scheißhaufen«, sagte Brower.

»Solange du ihn nicht riechst«, sagte Altmann.

»Ich höre diesen Scheißhaufen sogar«, sagte Brower.

»Ein Paradies für Mistkäfer«, sagte Altmann. Er rupfte ein Büschel Gras aus dem Erdboden und warf es auf Brower. Altmann sagte:

»Jedes dieser Gräser ist ein Wunderwerk. Ich könnte mich tagelang und nächtelang in der Betrachtung der Natur ergehen.«

»So siehst du aus«, sagte Brower.

»Das Gras, der Regen, der Fluß, die Bäume«, sagte Altmann.

»Das Quellwasser«, sagte Brower.

»Die Erde, der Wind, die Wolken, die Vögel, die Blumen«, sagte Altmann.

»Die Mistkäfer«, sagte Brower.

»Es gibt zwei Arten von Scheißhaufen«, sagte Altmann. »Einmal die Scheißhaufen, in denen wir wohnen, und diesen großen Scheißhaufen der Natur. Der eine entzückt uns, aus dem anderen schöpfen wir Kraft, in dem einen leben wir, im anderen überleben wir. Natürlich sind beide Scheißhaufen etwas heruntergekommen, aber das stachelt unseren Ehrgeiz an.

Der große Scheißhaufen der Natur ist ein Wunderwerk der Hoffnung.«

»Irgendwann haben alle wieder die Nase voll und nennen den Scheißhaufen einen Scheißhaufen«, sagte Brower.

»Nenn ihn, wie du willst«, sagte Altmann. »Auf jeden Fall ist es besser für uns alle, wenn der große Scheißhaufen der Natur nicht stinkt, wenn er stinkt, sondern duftet.«

»Optimist«, sagte Brower.

»Solange die Menschen ihre Ärsche so weit aufmachen, daß sie nur noch aus einem einzigen Arschloch bestehen, krieche ich hinein. Wann konnte man solche Geschäfte machen. Je größer die Scheißhaufen, desto größer die Arschlöcher und desto glänzender die Zukunft«, sagte Altmann.

»Geht die Bombe hoch, kneift jeder den Arsch zusammen«, sagte Brower.

»Anfangs ja«, sagte Altmann, »so lange, bis wir das große Publikum mit einem großen Geschäft am After kitzeln. Die Optimisten gewinnen wenigstens manchmal, gewinnen die Pessimisten, interessiert sich niemand mehr für sie. Die Optimisten rechnen immer damit, daß die Bombe hochgeht, weil sie selbst dann und gerade dann ihr Schäfchen ins Trockene bringen müssen. Die Pessimisten hoffen, daß sie recht haben. Aber die Möglichkeiten einer hochgehenden Bombe wittert nur der Optimist. Es gibt im übrigen keinen Pessimisten, der nicht von einem Optimisten finanziert wird.«

»Saublöde Sprüche«, sagte Brower.

»Je blöder ein Spruch, desto überzeugender«, sagte Altmann. »Sogar die Gescheitesten packt das Jagdfieber nach dem Sinn von blöden Sprüchen, richtet sich nur eine ausreichende Zahl von Leuten nach ihnen. Am verwickeltsten sind allerdings die saublöden Sprüche, die zutreffen, mein lieber Brower. Im übrigen kostet das Verbergen der eigenen Dummheit viel Zeit.«

»Du könnstest damit anfangen, Zeit haben wir genug«, sagte Brower. »Du hast schon eine ganze Nacht nötig, Regen und einen eisernen Ochsen, damit ich dir zuhöre. Was macht der Optimist mit seinem Magengeschwür?«

»Der eine hat ein Magengeschwür, der andere hackt sich die Hand ab, jeder wie es ihm beliebt. Wenn einer natürlich zu blöd ist zum Holzhacken«, sagte Altmann.

»Ich habe mir die Hand nicht abgehackt, es war eine elektrische Säge!« schrie Brower.

»Schon gut, schon gut«, sagte Altmann, »auch das ist fast ein Kunststück. Ab jetzt keine Platitüde mehr.«

Brower gab nicht auf. Er sagte:

»Ich denke, du liebst Platitüden.«

»Nur die eigenen«, sagte Altmann.

»Du sprichst mir aus der Seele«, sagte Brower.

»Die Platidüde mit dem Erfolg erspare ich dir«, sagte Altmann.

»Sie hätte dich nicht viel sympathischer gemacht«, sagte Brower, »alter deutscher Kotzbrocken.«

»Na, na«, sagte Altmann, »vorhin hast du mit dem Optimisten aber härter zugeschlagen.«

»Hauptsache, ich muß dich nicht lieben«, sagte Brower.

»Das wäre zuviel verlangt«, sagte Altmann, »eine Kuh macht Muh, zwei Kühe machen Mühe.«

»Heilige Scheiße«, sagte Brower.

»Du hast immer wieder einen neuen Einfall«, sagte Altmann. »Friede.«

»Friede«, sagte Brower. Brower nieste. Altmann nieste. Brower schlug mit der flachen Hand auf das Bein des Ur. Die Schwester wachte auf. Sie reckte sich und befreite sich von Altmanns und Browers Leibern. Altmann legte der Schwester Browers Boxermantel um die Schultern. Ich klopfte das Wasser vom Schnappsack. Brower forderte Altmann auf, den Koffer zu tragen. Altmann sagte, Brower solle den Koffer ruhig liegen lassen. Brower ließ den Koffer liegen. Wir entfernten uns vom »eisernen Ur«. Brower fluchte. Altmann pfiffelte. Brower kehrte um und holte den Koffer. Auf die Bitte der Schwester hörte Altmann mit dem Pfiffeln auf. Zu dritt ließen wir die Auen zurück. Brower rief einige Male aus der Ferne. Närrische Schreie. Das Gelände verengte sich und wurde welliger. Wir stapften durch einen dünnen Wald. Der Regen wurde schwächer. Als wir aus dem Wald traten, konnten wir die Sportanlagen erkennen. Die Gebäude des Internats hoben sich als Blöcke ab, daneben der dunkle Haufen des Parks. Wir warteten, bis Brower eintraf.

Das verbrecherische Internat

Einstmals war das verbrecherische Internat, wie ich gegen meinen Willen von Altmann erfuhr, ein wilhelminisches Kurbad, in das nie irgendein Kaiser seinen Fuß gesetzt hatte. Das Kurbad verdankte seine Gründung zwei Quellen, einer eisenhaltigen und einer schwefelhaltigen. Bevor Strongo das Anwesen erwarb, wechselten die Besitzer, die es meist nach einer mehr oder weniger regen Bautätigkeit abstießen. Strongo hatte erreicht, daß eines der Gebäude zum Kulturdenkmal erklärt wurde, und baute mit staatlichen Zuschüssen das heutige Internat auf. Altmann zweifelte, ob in dem Anwesen irgendetwas zu finden sei, das mit Kultur in Verbindung gebracht werden könne. Lorbas Brower fand seine Vermittlertätigkeit bei der staatlichen Anerkennung des Internats erwähnenswert. Altmann gebot Brower, sich auf den kommenden Einbruch zu konzentrieren. Wir durchquerten den Park. Wir stiegen in das Rondell hinab. Dort wurden die beiden Rinnsale in schmalen Steinbecken aufgefangen. Das Schwefelwasser floß über die herabgezogenen Mundwinkel eines steinernen Mauls, das Eisenwasser gegenüber aus einem zu einer Art Lachen aufgesperrten Maul. Altmann und Brower begaben sich an die Brünnlein zu einer Geschmacksprobe, sie spieen die Wasser aus. Sie verzichteten auf die Gegenprobe. Sie erörterten kurz, welche der drei Söhne Meier-Demiurgs welche der beiden Quellen mit welchen Tieren oder Tierköpfen gestalten würden.

Altmann beschloß, der Einbruch sei Männersache. Meine Schwester sollte im Rondell warten, ich wurde zu ihrem Schutz abkommandiert. Meine Schwester sagte, sie wolle keinen von uns sehen. Altmann sprach von Bauplänen, die er sich besorgt und die er studiert hätte, Brower von seiner Anschauung vor Ort bei seinen Besuchen mit Pinka. Sie waren sich einig, nicht das Haupttor aufzubrechen, sondern durch eines der Fenster einzusteigen. Sie waren sich uneinig über die Art der Alarmanlagen. Während Altmann die Auffassung vertrat, es gebe Videokameras, vor deren Monitore ein schlechtbezahlter Nachtwärter vor sich hindöse, behauptete Brower, es seien unsichtbare Sperren errichet, die beim Durchbrechen einen höllischen Lärm auslösten. Sie beschlossen, auf beide Warnsysteme zu achten. Zuerst wollten sie aus dem Hauptgebäude aus Strongos Büro die Akten unseres Sohnes entwenden, dann sollte der Junge aus seinem Schlafbungalow geholt werden. Brower drückte mir einen Werkzeugkoffer und einen Eispikkel in die Hände. Er selbst hatte sich mit einem Knüttel bewaffnet, der auf dem Weg lag. Altmann verteilte die Gummihandschuhe. Auf Lampen wurde verzichtet, um Aufsehen zu vermeiden. Meine Schwester setzte sich auf Browers Koffer. Brower bat um seinen Boxermantel, die Schwester gab ihm den Mantel, Altmann bot seine Jacke an. Wir schlichen im Gänsemarsch zur Treppe, die zum Haupttor führte. Rechts und links waren zwei enge Türen auf jeder Seite. Altmann deutete auf eine der Türen, Brower winkte mich mit dem Knüttel heran. Er steckte den

Knüttel in seinen Gürtel. Zuerst probierte er einige Schlüssel aus. Dann verlangte er einen Dietrich. Er gab ihn mir verbogen zurück. Er begann, mit einem Zollstock Tür und Türschloß zu vermessen, es fehlte ein Stift, um die Bohrpunkte zu fixieren. Altmann verbot Brower, die Bohrmaschine zu benutzen. Brower hantierte nun mit einem Stemmeisen, brach aber nur ein paar Splitter aus dem Holz. Altmann griff den alten Plan wieder auf, durch eines der Fenster einzusteigen. Brower kniete sich vor Altmann hin und stützte seine rechte Hand mit dem Armstumpf. Altmann schimpfte, als er den Fuß auf Browers offene Hand setzte. Browers Halsadern traten hervor, als er sich mit Altmann, der sich an Browers Haaren festhielt, erhob. Altmann ruderte mit dem ungestützten Bein in der Luft, er verlor die Balance, ich sprang hinzu, um ihn zu stützen, wir fielen alle drei auf die Erde. Hastig versuchten wir uns zu lösen, verknäulten uns aber immer weiter. Wir stießen uns voneinander ab, kleine bösartige oder unbeabsichtigte Püffe waren unvermeidlich, verhakten uns, während wir uns fortschubsten; war einer der Beinschere des anderen entkommen, drückte ihm der Arm des dritten den Adamsapfel ein. Dann lagen wir auf dem Rücken, drei große Käfer, die mit ihren Gliedmaßen strampelten. Altmann sprang als erster auf und machte Brower für seine verschmutzte Hose verantwortlich. Nachdem wir uns wieder gefangen hatten, besprachen wir den genauen Ablauf der gegenseitigen Besteigung unter Berücksichtigung meiner unerwünschten Mithilfe. Brower kniete sich abermals auf die

Erde, diesmal mit dem Gesicht zur Hauswand. Ich stützte Altmann, der sich seinerseits auf die Schultern von Brower kniete, und hielt ihn, während er den Kopf von Brower umklammerte, an der Hüfte fest. Ächzend richtete sich Brower auf. Mit den Händen stützte er sich an der Mauer. Am rechten Fußknöchel hielt er Altmann fest, ich am linken Fußknöchel. Ich reichte den Glasschneider hoch. Altmann kratzte den Kreis ins Glas, das Fenster sprang auf. Der Rahmen war eingeklemmt, das Fenster jedoch unverschlossen, Altmann fing sich gerade noch. Ich umklammerte mit beiden Händen seinen linken Fußknöchel und ließ gerade noch rechtzeitig los, als er absprang. Brower verlangte eine Nackenmassage. Wir lauschten auf die Alarmglocke, nichts war zu hören. Nun sollte ich einsteigen. Altmann gab zu bedenken, ich würde mich im Innern des Hauses nicht auskennen. Brower wollte eine der Türen einrennen, Altmann hielt ihn davon ab. Er stieg noch einmal auf Browers Schulter, die Prozedur ist bekannt. Ich reichte den Werkzeugkasten. Altmann warf den Kasten durchs Fenster, der Kasten sprang mit Getöse auf. Altmann kletterte durchs Fenster. Brower stieg auf meine Schultern. Er verschwand im Fenster. Sie warfen ein Seil heraus. Drinnen gewöhnten wir unsere Augen an die Dunkelheit. Brower stolperte über die Werkzeuge. Er suchte am Boden ein Eisen und brach die Tür der Kammer auf. Altmann übernahm die Führung durch die Gänge. Im ersten Stock lag angeblich Strongos Büro. Wir stiegen die Treppe hoch. Altmann blieb vor jeder Tür stehen und stritt mit Brower, ob man vor Strongos

Büro angelangt wäre oder nicht. Sie hatten sich im Stockwerk geirrt. Ich setzte mich auf die Treppenstufen und wartete. Nach einigen Minuten hörte ich die Schläge des Eispickels ins Mauerwerk. Ich eilte nach oben. Brower hackte in die Wand. Altmann ließ ihn gewähren. Brower hielt ein und schnaufte. Er betastete mit dem Armstumpf das Ergebnis seiner Arbeit, er hatte den Putz weggeschlagen. Er entfernte sich tastend von der Stelle und fand den Kasten mit der Alarmanlage. Er riß die Kabel heraus. Altmann sagte, er hätte bereits im Erdgeschoß die Sicherungen ausgeschaltet. Brower schlug vor, ins Erdgeschoß hinabzusteigen, alle Türen aufzubrechen und in den Räumen nachzusehen. Altmann stimmte nach einer Bedenkpause zu mit der Einschränkung, in dem Stockwerk zu beginnen, in dem wir uns aufhielten. Schließlich seien sich beide einig, hier Strongos Büro zu finden, falls Strongo sein Büro nicht verlegt hätte. Brower stemmte die erste Tür auf, wir hielten uns die Ohren zu. Altmann schnippte ein Feuerzeug an. In dem Raum standen Tische, darauf Videogeräte, davor Stühle. Vier Türen zerstörte Brower, dann stellte er fest, daß die Türen unverschlossen waren. Nun kamen wir schneller voran. Alle Räume des Stockwerks glichen bislang dem ersten. Beinahe am Ende des Gangs rannte sich Brower den Kopf an einer der Türen ein. Sie war verschlossen. Wütend warf er sich mit ganzer Kraft gegen das Holz. Beim zweiten Anrennen klammerte ihn Altmann von hinten mit beiden Armen um den Brustkorb. In dieser Umarmung stieß Brower mit dem Fuß die Tür ein. Das Schloß

splitterte, die Tür krachte nach einer Drehung an die Wand. Die beiden flackernden Kerzen auf dem Schreibtisch warfen ein unruhiges Licht auf den Rollstuhl. Strongo sagte:
»Die Rechnung ist unterwegs, Altmann.«

Strongos Schatten

Strongo nahm die Aktenmappe vom Schoß und warf sie auf den Schreibtisch. Er schlug die Decke über seinen Beinen zurück. Zwei bleiche Knaben, die hinter ihm standen, traten vor und hoben Strongo aus dem Rollstuhl. Sie trugen ihn zu einer Sitzgruppe und ließen ihn in einen Ledersessel plumpsen. Einer der Knaben zündete Kerzen auf einem Leuchter an. Er rückte den Leuchter an den Tischrand. Strongo ergriff eine der Dosen auf dem Tisch und warf sie Brower zu. Brower streckte in einem Reflex seinen Armstumpf aus, die Dose fiel zu Boden. Strongo lachte. Altmann löste seine Arme von Browers Brustkorb und stellte sich neben Brower. Er verdeckte mir die Sicht. Altmann ging auf Strongo zu, nahm im Vorbeigehn die Dose vom Tisch und ließ sich im Sessel gegenüber von Strongo nieder. Er riß den Verschluß der Dose auf und trank. Brower blieb wo er war, ich trat neben ihn. Die beiden Knaben kehrten an ihren Platz hinter dem Rollstuhl zurück.
»Das war's«, sagte Altmann. Er wandte sich zu Brower und sagte: »Schreib einen Scheck aus.«
»Damit ist es nicht getan«, sagte Strongo. »Leider

kann ich nicht mit elektrischem Licht dienen, aber meine Tierchen kriegen das schon hin.«

Er steckte Daumen und Mittelfinger seiner linken Hand in den Mund und pfiff. Danach trocknete er seine Finger sorgfältig am Tischtuch ab. Wir hörten das Tapsen in den Gängen, Kichern, kleine Schreie. Lichtstrahlen tasteten den Gang und den Türrahmen von außen ab, Knaben und Mädchen huschten vorbei und richteten ihre Taschenlampen ins Büro.

»Diese Verwüstung war unnötig«, sagte Strongo. »Schließt die Tür.«

Die beiden Knaben liefen zur Tür und lehnten sie gegen den Türrahmen.

»Unter einem fachgerechten Einbruch stelle ich mir etwas anderes vor«, sagte Strongo.

»Darüber streite ich mich nicht«, sagte Altmann.

»Das werden Sie schon müssen, keine Kommission wird mir diesen Einbruch abnehmen. Holen Sie mich aus der Patsche, Altmann«, sagte Strongo.

»Wenn Sie einer aus der Patsche holt, dann bestimmt nicht Altmann, sondern ich. Altmann kann nicht einmal ein Formular für eine Haftverschiebung ausfüllen«, sagte Brower.

»Du hältst dich heraus, Brower«, sagte Altmann.

»Ich dachte, Sie hätten Ihr Personal eingeweiht«, sagte Strongo.

»Geradezu lebensecht dieser Einbruch«, sagte Brower. »Ich sehe, die Herren sind sich einig.«

Er hob die Dose vom Fußboden auf und setzte sich auf einen Stuhl in Strongos Schatten und vertiefte sich in die Betrachtung der Wassernixen.

»Geht die Sache schief, sind Sie ebenfalls dran«, sagte Strongo. »Sie vergessen, daß hier der Staat ein Wörtchen mitzureden hat.«
»Sie sind entlassen, Strongo«, sagte Altmann.
»Ich bin unkündbar, Altmann«, sagte Strongo, »fragen Sie Ihren rechtskundigen Compagnon. Ihren Laden können Sie verkaufen, aber mir kündigen können Sie nicht.«
»Ich bin gespannt, wie du mir diese private Einnahmequelle schmackhaft machst«, sagte Brower. »Keine Sorge, Strongo, Altmann sitzt bestimmt in der Untersuchungskommission.«
»Keine der Türen war abgeschlossen, mein Büro ausgenommen, ein Versehen«, sagte Strongo. »Eine einzige zerbrochene Fensterscheibe hätte genügt. Die Fenster waren unverschlossen. Ich wußte nicht, daß Ihnen die Lage meines Büros unbekannt ist. Ich hätte Sie auch unten erwartet. Beim sinnlosen Zwischenspiel mit dem Eispickel habe ich die Monitore abschalten lassen. Mich schaudert, wenn ich mir vorstelle, wie viele Pavillons Sie einäschern werden, wenn Sie den Jungen suchen. Er schläft im Nebenzimmer. Sie hätten auf meinen Plan eingehen sollen, Altmann, ich hätte perfekte Spuren gelegt.«
»Es reicht, Strongo«, sagte Altmann, »Sie machen Ihren Job, ich meinen.«
»Und wie erkläre ich meinen lieben Tierchen diese nächtliche Unruhe?« sagte Strongo. »Ich trage hier die Verantwortung. Gewöhnlich schauen sie sich nachts ihre Videos an oder besuchen sich in ihren Betten. Es bedurfte meiner ganzen Überzeugungs-

kraft, sie so lange ruhig zu halten, bis Sie endlich eingetroffen sind. Ungeduldig belagerten meine Tierchen die Fenster und warteten auf das versprochene Spektakel. Alle waren wild darauf, sich entführen zu lassen. Ich hoffe, meine Tierchen haben Sie nicht allzu sehr behindert beim Einbrechen, es ist schwierig, sie wieder zu beruhigen.«

»Danke, Sie haben versagt, Strongo«, sagte Altmann, »der Zustand Ihrer Geschäftsbücher entspricht hoffentlich nicht Ihren Erziehungsmethoden. Holen Sie den Jungen.«

»Ich wünsche Ihnen, daß Sie wissen, was Sie tun, Altmann«, sagte Strongo. »Verschwindet erst einmal eines unserer Tierchen, zieht hier Militär auf. Ich habe keine Lust, meine Tierchen hinter Stacheldraht zu erziehen.«

Strongo winkte den Knaben, sie schienen im Stehen zu schlafen. Einer von ihnen schlurfte zur Tür im Hintergrund und öffnete sie. Er kam Hand in Hand mit einem hoch aufgeschossenen Jungen ins Büro.

»Hallo, Junge«, sagte Altmann und ging auf ihn zu.

»Hallo, Paps«, sagte der Junge.

»Sauber«, sagte Brower.

»Hallo, Lorbas«, sagte der Junge.

»Keine Panik«, sagte Altmann, »der da ist dein Paps, Junge.«

Der Junge verzog keine Miene, reichte mir die Hand und sagte: »Hallo, Paps.«

»Beherrscht er außer Hallo Paps noch ein anderes Wort?« sagte ich.

»Klar, Paps«, sagte der Junge, »ich tat Jonny nur einen Gefallen.«
»Gute Nacht, Strongo«, sagte Altmann. Er holte die Aktenmappe vom Schreibtisch und schob die Tür beiseite. Wir gingen in den Flur. Die beiden Knaben trugen uns Strongo hinterher, er hielt sich mit beiden Armen an Schultern und Nacken der Knaben fest. Fast alle Türen standen jetzt offen, Jungen und Mädchen saßen vor den Bildschirmen. Einige trugen ihre Tageskleider, die meisten lange Nachthemden. Andere liefen die Treppen auf und ab, brachen ihre Gespräche ab, wenn wir vorbeigingen.
»Was sind das für Filme?« fragte Brower.
»Wehrwölfe«, sagte der Junge, ohne seine Augen vom Fußboden zu heben.
»Strongo weiß, was er tut, Brower«, sagte Altmann, »du hast genug Zeit, den Jungen in der Kanzlei umzumodeln.«
Viele der Jungen und Mädchen hatten zu kleine Köpfe. Die Kopfhaare waren abgeschnitten bis auf die Stoppeln. Viele Zöglinge hatten schwarze Augenringe bis zu den Wangenknochen hinunter, einige Gesichter waren mit Falten und Runzeln übersät. Von den Gängen drang Kichern in den Raum, wenn wir im Raum waren, oder das Kichern schwoll in den Räumen an, befanden wir uns im Flur. Meist setzte das Kichern mit einer dünnen hohen Stimme ein, andere Stimmen gesellten sich dazu, das Kichern wuchs und es verebbte, sobald wir uns der Quelle des Kicherns näherten. Sonst nahmen die Zöglinge keine Notiz von uns. Einige bissen in große rote Äpfel,

während sie eng aneinandergerückt die Bildschirme beobachteten.
»Das reine Vergnügen ist es nicht«, sagte Brower. »Ich möchte wissen, wohin Strongo seine Lieblinge gesteckt hat, wenn ich zu Besuch kam.«
»Ich habe Strongos Lieblinge nicht gemacht«, sagte Altmann. »Du kannst nicht erwarten, daß sie dir jedes Mal ihren Anblick ersparen.«
»Wie sie aussehen, ist mir egal«, sagte Brower.
»Sie wachsen noch«, sagte Altmann, »Pubertätspikkel verschwinden auch wieder.«
»Das beruhigt mich«, sagte Brower, »und wie wird das genetische Material entnommen?«
»Es wird viel geredet«, sagte Altmann.
»Eine erschöpfende Antwort«, sagte Brower.
»Sie kommen aus allen möglichen Anstalten und werden in Strongos Internat eingewiesen«, sagte Altmann, »außerdem will sie niemand haben.«
»Es werden immer mehr, weil niemand sie haben will«, sagte Brower.
»Es wird für sie gesorgt«, sagte Altmann, »sie bekommen eine ordentliche Erziehung und sind immer noch zu etwas nütze, wenn es schief geht.«
»Das ist natürlich etwas anderes«, sagte Brower.
»Sind sie einundzwanzig, können sie gehen, wohin sie wollen«, sagte Altmann.
»Nach vollbrachter Leistung«, sagte Brower, »Glück muß der Mensch haben.«
»Nichts geschieht wider ihren Willen«, sagte Altmann.
»Also geschieht doch etwas«, sagte Brower.

»Mache ich es nicht, macht es ein anderer«, sagte Altmann, »außerdem mache ich ja nichts. Ich finanziere die Sache, weil das Internat privat geführt werden muß. Der Staat ist uns dankbar, weil wir die Verantwortung übernehmen. Strongo ist Beamter, aber auch mein Angestellter. Ich verhüte das Schlimmste. Im übrigen geschieht nichts Schlimmes. Wir warten im Grunde nur, bis irgendjemand mit den Versuchen anfängt, dann sind wir natürlich zu Gegenmaßnahmen gezwungen. Dann stoße ich das Internat ab und zwar mit Gewinn. Die Geschäfte ändern sich, mein lieber Brower.«

»Und du bist sicher, daß Strongos Tierchen unsere genetische Zukunft hüten?« sagte Brower.

»Darauf kannst du Gift nehmen«, sagte Altmann, »diese Jungen und Mädchen sind wahre Schatzkammern.« »Ich weiß nicht recht«, sagte Brower.

»Eben«, sagte Altmann, »das können nur Spezialisten beurteilen. Vielleicht ist das Aussehen von Strongos Lieblingen nur Tarnung. Jedenfalls ist jeder einzelne Liebling hoch versichert.«

»Mit wem teilst du die Versicherungsprämie?« sagte Brower.

»Du bekommst deinen Anteil«, sagte Altmann.

»Worüber rege ich mich eigentlich auf«, sagte Brower, »es geschieht ja nichts.«

»Es war eine lange Nacht, Brower«, sagte Altmann, »ich kann nicht für jeden Mist eine Erklärung finden, der uns unter die Augen kommt.«

»Das ist dein Irrtum«, sagte Brower. »Ich weiß nicht warum, aber es wird dir den Kopf kosten.«

»Du bist beleidigt, weil dieses Geschäft nicht in deinen Büchern auftaucht«, sagte Altmann. »Ich trete als Mäzen in Erscheinung, Strongo trägt das Risiko. Das Internat ist eine Goldgrube, ich schwöre es.«
»Ich meine nicht deine Goldgrube«, sagte Brower, »lohnt sich denn die Geschichte mit seiner Schwester?«
»Was soll sich lohnen, wenn nicht diese Geschichte?« sagte Altmann. »Zwei Anzüge aus Rohseide sind beim Teufel, das ist alles.«
Das Haupttor war schon zu sehen, die Flügel standen offen. Die beiden Knaben setzten Strongo unsanft auf den Boden, Strongo zischte durch die Zähne und rieb sich das Steißbein. Die Jungen und Mädchen, bisher ohne Interesse an unserem kleinen Zug, liefen jetzt an den Seiten und hinter uns her. Ein Junge versperrte Altmann, der vorausging, den Weg, faßte mit beiden Händen in seinen Hosengürtel, ging in die Hocke und schlang ein Bein um Altmanns Beine. Der Junge schaute zu Altmann hoch und sagte mit einer Piepsstimme:
»Hast du Geld für mich?«
Altmann versuchte den Jungen abzuschütteln.
»Weg da«, sagte Altmann. Der Junge sah nun Altmann flehend an und zog sich ein bißchen am Gürtel empor, Altmann sicherte mit einer Hand die Gürtelschnalle, mit der anderen hielt er den Gürtel fest.
»Brower, nimm ihn weg!« rief Altmann, aber Brower blieb, wo er war. Strongo schüttelte ein Lachanfall, mit einer Hand hielt er seinen Bauch, mit der

anderen kniff er dem Knaben neben ihm in die Wade. Der Junge zerrte am Gürtel, Altmann hielt seine Hose fest. Altmann schrie:
»So gib ihm Geld oder schlag ihm mit dem Eispickel auf die Rübe!«
Brower holte aus der Innentasche des Boxermantels ein Bündel Geldscheine und hielt sie dem Jungen vor die Nase. Die Jungen und Mädchen rückten enger heran, sie schlossen den Kreis um uns, ab und zu wurden die Vorderen von den Vordrängenden in den Kreis gestoßen. Strongo lachte noch immer. Die Zöglinge schauten teilnahmslos auf die Akteure. Einige der Zöglinge richteten ihre Taschenlampen zu Boden, andere streiften mit weichen Bewegungen kurz die Gesichter und Körper der Akteure in der Mitte. Zwei Mädchen trugen Kerzen. So entstand ein haltloser Wechsel zwischen Licht und Schatten, in den auch der Kreis der Zöglinge fiel, weiße und graue Schatten, und selbst Zöglinge in Tageskleidern schienen jede Farbe zu verlieren. Der Junge drehte Brower den Kopf zu und sagte:
»Hast du einen Taler für mich?«
»Tun Sie was, Strongo!« rief Altmann. Brower kramte in seinen Manteltaschen und Hosentaschen. Er reichte dem Jungen eine Münze hin. Der Junge sagte:
»Das ist kein Taler.«
»Es ist kein Taler«, sagte Brower, »aber besser als nichts.«
»Wenn Sie keinen Taler haben«, sagte der Junge langsam und piepsend, ließ Altmanns Gürtel los,

erhob sich, faßte Altmann und Brower in die Hemdkragen, zog ihre Köpfe zusammen und zu sich hinab, »so entführen Sie mich.«
»Jetzt aber Schluß, meine Tierchen«, sagte Strongo und klatschte in die Hände. Die beiden Knaben trockneten ihm mit ihren Ärmeln die Tränen ab. Der Junge sagte:
»Wenn Sie keinen Taler haben für mich, haben Sie vielleicht einen Taler für den Mann mit dem Gürtel, damit er mich entführt.«
»Ich entführe dich«, sagte Strongo und ließ sich aufheben, »und jede Nacht wird ein anderer entführt, solange es euch gefällt.«
Die Zöglinge verschwanden.
»Gute Arbeit, Strongo«, sagte Brower und steckte die Münze ein.
»Entführung von Staatseigentum«, sagte Strongo, »die drehen mich durch den Fleischwolf.«
»Ich tröste Sie persönlich«, sagte Altmann. Wir traten ins Freie. Die Zöglinge beugten sich aus den Fenstern, dahinter warfen die Bildschirme ihr ruheloses Licht. Altmann brach zum Rondell auf, um die Schwester auf unsere Ankunft vorzubereiten. Er kam zurück und teilte uns mit, meine Schwester wolle ihren Sohn nicht sehen. Ich wollte meinen Sohn auch nicht sehen, aber er stand neben mir.
»Warum tragt ihr das Haar so kurz«, sagte Brower.
»Wir schneiden uns die Haare gegenseitig«, sagte mein Sohn.
Brower deutete mit seinem Armstumpf auf mich und sagte: »Sie sind fein raus, was?«

»Nein«, sagte ich.
»Ausreichende Begründung«, sagte Brower.
Mein Sohn trat von einem Bein aufs andere. Der dünne Sommermantel reichte ihm bis zu den Schuhen. Seine Augen waren halb geschlossen. Er ging mit Altmann zu einem Wagen, der hinter einem der Pavillons abgestellt war. Ich ging mit Brower zum Rondell. Brower packte den Koffer und beklagte den Verlust des Werkzeugs. Er verabschiedete sich und ging. Ich schloß die Augen, tastete mich an eines der Brünnlein und trank vom Wasser. Es war das eisenhaltige Wasser, es schmeckte nicht übel. Ich versuchte das schwefelhaltige Wasser gegenüber, trank und spie es aus. Geschmackssache wahrscheinlich. Ich hob meinen Schnappsack auf. Meine Schwester und ich verließen den Park auf demselben Weg, auf dem wir gekommen waren.

»Egyptian Import/Export«

Ich wollte beim Wasserschuppen rasten, er lag auf dem Weg. Meine Schwester wünschte nicht gerade den kürzesten Weg ins Büro, aber möglichst keine Verzögerung. Auf einen Schluck Wasser könnte ich ein wenig verschnaufen, schließlich mußte ich noch über den Fluß rudern. Sie sei frisch und munter, sagte die Schwester, sie könne rudern, während ich mich im Schelch ausruhe. Welche Aussicht auf Ruhe in diesem undichten Fahrzeug. Aber solange ich den Schnappsack hatte, fühlte ich mich sicher, weiß Gott warum, es gab keinen Grund.

»Also gut«, sagte meine Schwester, »du hast Ruhe nötig.«
Ich nahm die Schwester an der Hand, fast zerrte ich sie hinter mir her. In der Morgendämmerung nahm der Schuppen eine gelbe Farbe an. Keine Lastwagen weit und breit. Keine Menschenseele. Der Schuppen war fensterlos, nur Türen zur Flußseite und das Tor für die Lastwagen. Tor und Türen verschlossen.
Das Tor wurde plötzlich einen Spalt aufgeschoben, eine Männerstimme sagte von innen:
»Bist du es, Edgar?«
»Es ist nicht Edgar«, sagte ich.
Das Tor schnappte zu.
»Nicht Edgar?« drang die Stimme abgedämpft durchs Tor. »Mit wem spreche ich?«
»Und wer sind Sie?« sagte ich. Die Stimme schwieg.
»Ein Freund von Endlosschleifen«, sagte die Männerstimme, »wer ist wer, was? Ich mache Ihnen einen Strich durch die Rechnung. Mein Name ist Bishop. Schieben Sie Ihre Karte unter dem Tor durch. Ist noch jemand bei Ihnen?«
»Meine Schwester«, sagte ich.
»Warum sagen Sie das nicht gleich«, sagte Bishop und schob das Tor auf. »Einen Augenblick dachte ich, Sie seien fremd hier, aber das kam noch nie vor. Arbeitet Ihre Schwester auch hier oder ist sie eine Begleitperson?«
»Wir arbeiten beide nicht hier«, sagte ich.
»Fremde«, sagte Bishop, »einmal wenigstens hätte ich beinahe Fremde gesehen. Doch da Sie Arbeit

suchen, sind auch Sie nicht fremd, sondern gehören fast schon zur Firma. Es ist sogar besser, wenn Sie nicht hier arbeiten, das kann sich ändern. Wenn Sie wollen, selbstverständlich. Wir suchen immer Leute, wir sind ein expandierendes Unternehmen. Ich bin befugt, Sie und Ihre Frau Schwester einzustellen, obwohl ich im Hauptberuf für die Beleuchtung zuständig bin. Leider nur Beleuchter, mein Traumberuf ist Nachtwächter, ich brauche nämlich so gut wie keinen Schlaf und nachts schon gar nicht.«

Bishop holte aus der Jackentasche eine zerknautschte Rolle Papier und fingerte zwei Formulare hervor. Er fuchtelte mir mit den Papieren vor dem Gesicht herum. »Wem gehört der Schuppen?« sagte ich.

»Nicht so vorwitzig«, sagte Bishop, »wollen Sie nun eingestellt werden oder nicht? Sie sehen aus, als könnten Sie oder Ihre Frau Schwester einen guten Job gebrauchen.«

»Ich möchte gern einen Schluck Wasser«, sagte ich.

»So, so«, sagte Bishop. Er ließ die Hand mit den Formularen sinken. Er schien nachzudenken, er erstarrte geradezu. Er sah durch mich hindurch und sagte:

»Sind Sie sicher, daß Sie einen Schluck Wasser wünschen, oder darf es auch ein Schluck Whisky sein?«

Ich schüttelte den Kopf.

»Sind Sie ein Spion?« sagte Bishop. »Sie sind kein Spion, das sehe ich Ihnen an. Es ist auch gleichgültig. Wir nehmen auch Spione als Arbeitskräfte. Der Werkschutz interessiert sich für diese Frage, praktische Folgen hat es nicht. Heute ist der Werkschutz abgezogen, es fehlten Lastwagenfahrer, die Werkschutzleute sprangen ein. Die Überprüfung hat Zeit, sie kann erfolgen, wenn Sie bereits arbeiten. Sie werden die Überprüfung nicht einmal merken. Ich warte noch, bis Edgar kommt, er ist sicher unterwegs. Edgar ist der Nachtwächter, wir tauschen manchmal unsere Tätigkeiten. Wissen Sie, Edgar schläft gerne. Ich schalte ja nur zur Prüfung die Scheinwerfer ein und aus, nachts darf ich die Scheinwerfer nicht einschalten, außer im Notfall. Notfälle kamen in den letzten drei Jahren nicht vor, so lange arbeite ich hier. Es gibt eine Notbeleuchtung, ich selbst habe auf meinem Hochsitz eine Ölfunzel stehen. Sie ist verboten wegen der Brandgefahr, aber niemand stört sich daran. Von unten kann niemand entscheiden, um was für ein Licht es sich dort oben handelt, und zum Hinaufsteigen hat außer mir niemand Lust oder Zeit.«

Bishop war überhaupt nicht gut zu erkennen im Halblicht, das bißchen Licht durch den Torspalt verstellten meine Schwester und ich. Wir hätten weiter gehen können, doch Bishop hielt mich durch seine Gesten zurück, die meine eigenen Gesten geradezu unanständig parodierten. So kam es mir vor; Bishop bewegte sich, wenn er seine Erstarrungen unterbrach, wie ich mir die Bewegungen meines eigenen Körpers vorstellte. Ich sagte:

»Jonny Altmann ist ein Freund von uns.«

»Ich kenne keinen Jonny Altmann«, sagte Bishop. »Sie befinden sich auf dem Gelände von ›Egyptian Import/Export‹. Im Hauptdepot der Firma.«

»Wem gehört die Firma?« sagte ich.
»Der Gesellschaft«, sagte Bishop, »Teilhaber kann jeder werden, auch Sie. Ich lade Sie und Ihre Frau Schwester hiermit herzlich dazu ein, es lohnt sich.«
»Für wen«, sagte ich. »Für alle«, sagte Bishop, »folglich auch für Sie. Ich bekomme eine kleine Prämie, falls Sie bei mir den Arbeitsvertrag oder die Teilhaberurkunde unterschreiben.«
Er kramte von neuem Formulare hervor und streckte sie mir entschlossen hin. Ich nahm sie. Sofort schob er die Formulare in der anderen Hand nach. Er sagte:
»Lesen Sie alles gründlich durch auf meinem Hochsitz, das Licht ist dort besser.«
Wir traten in die Halle. Im Schuppen lagen ein paar Kanister herum. Bishops schleppender Gang verwandelte sich, als er die Sprossen der Leiter ergriff, behend schwang er sich hoch. Er erklomm ein Brettergerüst in einer der Ecken des Raums, ein aus Brettern gefügtes Plateau. Dort angelangt, beugte er sich vor und rief herunter:
»Mein Pulsschlag ist keine Spur schneller. In diesem Jahr werde ich siebzig Jahre alt. Lassen Sie das Tor offen, dann fällt später etwas Licht herein. Kommen Sie herauf.«
Die Schwester stieg auf die Leiter, ich folgte. Das Gerüst wackelte. Auf dem Bretterboden stand ein Schaltpult an der Schuppenwand, ein ausgeschalteter Monitor, ein Tisch, ein Stuhl, ein Schränkchen. Bishop sperrte eines der Fächer auf und entnahm ihm drei Gläser und zwei Flaschen. Bishop sagte:

»Für Sie Wasser, wie gewünscht. Ihr Besuch kommt mir gelegen, auch wenn Sie keine Arbeit suchen. Sie verzeihen einem alten Mann, der den einzigen Stuhl in Beschlag nimmt, obwohl eine Dame anwesend ist. Ich habe den Boden gefegt, Sie können Platz nehmen.«

Wir blieben am Tisch stehen, meine Schwester an Bishops linker Seite, ich zu seiner rechten.

»Gewöhnlich ist hier niemand mehr, kurz bevor Edgar kommt«, sagte Bishop. »Sie sehen, nicht einmal das Wachpersonal. Aber was soll passieren. Ich warte, bis Edgar kommt, der mich ablöst, auch wenn er eine andere Aufgabe hat. Ich habe nicht das Depot zu bewachen, und er nicht auf die Beleuchtung zu achten. Edgar schiebt untertags Wache, nachts will er schlafen, obwohl er nachts wachen müßte und tagsüber hier zu schlafen hat, es fehlt eben an Arbeitskräften. Für die anderen ist die Arbeit einfach, sie verlangt Einsatz, aber die Bezahlung ist gut. Ich verstehe nicht, weshalb uns die Leute nicht die Bude einrennen. Ich habe keine Minute gezögert, als ich vor drei Jahren die Anzeige las. Trotz meines Alters, ja gerade wegen meines Alters wurde ich sofort eingestellt. Sogar Kinder würden eingestellt, wäre Kinderarbeit nicht verboten, obwohl die Arbeit für Kinder ein Kinderspiel wäre, so dringend wird jeder gebraucht. Die Anzeige, oder war es ein Fernsehspot, oder habe ich es im Radio gehört? war aufregend, ich habe vergessen warum, aber nicht die Aufregung, die mich befiel. In der Nacht arbeiten nur die Lastwagenfahrer und ich, Edgar fällt aus. Die übrigen Angestell-

ten arbeiten schichtweise Tag und Nacht. Am Tag arbeiten sie genau genommen nicht, wenigstens die meisten, aber sie kommen zur Arbeit. Sie gehen ins Bürohaus der Firma im Osthafen und legen sich sofort schlafen, um sich für die Nachtarbeit auszuruhen. In diesem Bürohaus stehen in jeder Etage Betten, damit sie schlafen können. Sie nehmen ihre Angehörigen und Kinder mit, die dort ebenfalls schlafen oder den Tag anderweitig verbringen. Es gibt eine gute Küche, zwei Köche und eine Anzahl von Kellnern stehen zur Verfügung. Von außen ist das Bürohaus unscheinbar, es steht in einer recht öden Gegend. Doch innen wurde frisch renoviert, fast gemütlich schaut es aus. Eine angenehme Musik tönt aus unsichtbaren Lautsprechern, das hält ja auch niemand von einem gesunden Schlaf ab. Telefone, sie klingeln selten. Die nötigen Apparaturen schnurren vor sich hin. In einem der Stockwerke werden die Kinder der Angestellten betreut. Meine dürren Worte geben Ihnen nur einen unvollkommenen Eindruck. Gehen Sie doch einmal ins Bürohaus und entscheiden Sie danach, ob Ihnen irgendeine Arbeit zusagt. Sagen Sie, Sie kommen von Bishop.«
Wir tranken. Das Wasser schmeckte ein wenig zu süß und war dickflüssig. Bishop sagte:
»Nach zwei Wochen gibt es eine Arbeitspause von zwei Wochen, nur gerecht bei einer zweiwöchigen Arbeit bei Tag und Nacht. Auch dafür werden wir bezahlt. Nur ich arbeite immer, damit Edgar zu seinem Schlaf kommt. Die Angestellten werden in der Stadt aufgesammelt, mit Bussen fahren sie zum Ge-

lände des Osthafens, dort steigen sie auf Fahrräder und Mopeds um für die letzte Strecke zum Bürohaus. Am Abend holen die Busse sie zur Fahrt ins Depot ab. Ich beobachte das Treiben vom Hochsitz, manchmal fallen mir die Augen zu, die Notbeleuchtung ist nicht gerade ein günstiges Arbeitslicht. Die Fahrzeuge und Stapler sind mit Lampen ausgerüstet, die Angestellten nützen ihren Schein beim Arbeiten. Manchmal trifft keine Ladung ein, dann schlafen sie oder vertreiben sich auf andere Weise die Zeit oder packen ihren Proviant aus. Einige sagen, es gäbe mehrere Depots, das Wort ›Hauptdepot‹ legt das nahe. Hier ist jedoch das Hauptdepot, so viel steht fest. Ich habe die Organisation und Arbeitsabläufe der Firma studiert, aber hier oben vergißt man einiges, das eine Auge auf den Monitor gerichtet, das andere nach unten. Treffen die Lastwagen ein, wird zügig gearbeitet, sowohl innerhalb wie außerhalb des Depots wird ein- und ausgeladen, vor Übereifer wird oft falsch geladen, und ohne Murren wird wieder umgeladen. Im übrigen kann hier jeder Angestellte jederzeit kündigen. Er wird mit einer großzügigen Abfindung entlassen. Es kommt sogar vor, daß einige kündigen, die Abfindung kassieren und sich sofort wieder einstellen lassen und außerdem die Werbeprämie mit dem Werber teilen. Doch das geschieht selten und wurde bisher noch nicht geahndet.«

»Was wird denn so eifrig verladen?« sagte ich.

»Warum soll ich es nicht sagen«, sagte Bishop. »Meine Auskünfte erfolgen selbstverständlich ohne Gewähr. Die Firma handelt mit Wasser, Sie trinken es gerade. Weshalb bräuchten wir sonst einen gut trainierten Werkschutz.«

»Es handelt sich wohl um eine illegale Firma«, sagte ich.

»Nicht, daß ich wüßte«, sagte Bishop. »Hätte sich die Firma sonst wenigstens drei Jahre, wahrscheinlich viel länger, halten können, bei dieser Werbetätigkeit, bei dieser durchschlagenden Expansion?«

»Nur ›Eis-Wasser‹ wird legal verkauft, und das ist staatlich«, sagte ich.

»›Eis-Wasser‹ ist geschmolzenes Polareis, heißt es, unser Wasser wird weder vom Nordpol noch vom Südpol importiert«, sagte Bishop.

»Am Ende ist es Nilwasser«, sagte ich.

»Das soll Ihre Sorge nicht sein«, sagte Bishop, »unser Wasser kommt aus den Tropen.«

»Sie haben keine Ahnung, Bishop«, sagte ich, »Wasser aus den Tropen.«

»Dann fragen Sie nicht, wenn Ihnen die Antwort nicht paßt«, sagte Bishop, »wenn Sie alles besser wissen. Ich gebe die offizielle Version wieder, alle halten sich daran, eine andere gibt es nicht. Es ist unwichtig, woher das Wasser kommt.«

»Ihnen ist das unwichtig, Bishop?« sagte ich. »Sie arbeiten seelenruhig in einer illegalen Firma, so viel steht fest.«

»Es ist unwichtig«, sagte Bishop. »Niemand stirbt an unserem Wasser. Sterben Sie? Sehe ich krank aus? Sind Sie Anwalt? Wollen Sie wissen, ob ich daran glaube, daß ›Eis-Wasser‹ geschmolzenes Polareis ist?«

»Ich möchte gern mehr wissen, sehr viel mehr«, sagte ich.

»Von einem Beleuchter?« sagte Bishop.

»Von Ihnen, Bishop«, sagte ich.

»Es kommt nicht darauf an, was ich sage«, sagte Bishop. »Ich weiß nicht einmal, ob Sie mir Ihre Fragen stellen, um mir einen Gefallen zu tun. Ich will nicht unhöflich sein, aber auch das ist gleichgültig in diesem Fall. Was glauben Sie denn, was ich zu sagen habe, nach einem dreijährigen Anglotzen dieser Schalttafel, des Treibens der Angestellten da unten im Flackern der Notbeleuchtung? Wenn nicht einmal Sie wissen, was Sie von mir wissen wollen?«

»Diesen Punkt kann ich klären«, sagte ich. »Ich möchte von Ihnen folgendes wissen.«

»Hören Sie auf«, sagte Bishop. »Ich wette mit Ihnen eine beliebige Anzahl von Whiskyflaschen, daß ich Ihnen dieses Stück kahle Wand neben der Schalttafel in der Ecke, auf das der Schein dieser Ölfunzel fällt, zehn Stunden lang ohne Pause schildern werde, und Sie werden hingerissen lauschen, als hätten Sie nie etwas Aufregenderes gehört. Unter einer Bedingung allerdings, daß ich mich siebenundsechzig Jahre in die Betrachtung dieses Stückes Wand vertiefen kann und in die Wörter, die dafür erforderlich sind.«

»Das kaufe ich Ihnen sogar ab, Bishop«, sagte ich, »ich bin mit sehr viel weniger zufrieden. Sie bieten mir diese Wette an, weil keiner von uns seine Flaschen Whisky verliert. Trotzdem verlieren Sie Ihre Wette.«

»Nicht mit dem Messer in der Hand, das ich Ihnen an

die Kehle setze«, sagte Bishop. »Ich schlitze Sie auf, bis ich die Stelle finde, wo Sie Ihre Antworten finden, obwohl ich den Mund halte.«

Bishops Hände kamen mir vertraut vor. Ich füllte mein Glas mit Whisky und spülte den Wassergeschmack hinunter.

»Sagen Sie, Bishop«, sagte ich mit kaum zurückgehaltenem Mißtrauen, »haben Sie mich schon irgendwann einmal zu Gesicht bekommen?«

»Jetzt aber Schluß«, sagte meine Schwester, »das höre ich mir nicht an.«

»Ich kann Sie versichern, meine Dame, diesen Herrn habe ich noch nie im Leben gesehen«, sagte Bishop.

»Ich habe Sie auch noch nie gesehen«, sagte ich, »vielleicht sind wir uns begegnet, haben miteinander gesprochen, haben uns berührt, meinetwegen.«

»Vielen Dank für die Gastfreundschaft«, sagte meine Schwester, »wir brechen auf.«

»Bishop, Bishop«, sagte ich, »Sie kennen mich allzu gut.« Ich hatte mich bislang in Bishops Gesicht gebohrt, jetzt wurde mir mit einem Mal klar, daß ich bislang ohne Ziel und ohne Methode ins Innere von Bishop einzudringen versuchte, ich mußte Bishop von innen abtasten.

»Einen Augenblick«, sagte ich, ich brauchte Zeit. »Nur eine einzige Frage: Sind wir nie zusammengetroffen?«

»Nie«, sagte Bishop. »Viel besagt das aber nicht. Ich vergesse beinahe alles.«

»Was haben Sie vor Ihrer Arbeit bei ›Egyptian Im-

port/Export‹ gemacht, Bishop, wo sind Sie geboren, wo haben Sie gelebt, wie sind Sie aufgewachsen?«
»Tasten Sie mich nicht ab«, sagte Bishop, »ich merke, wie Sie in mich hineinkriechen und mit tumben Fragen abzulenken versuchen. Ihr Interesse an meinem Vorleben ehrt mich, aber verschwinden Sie aus mir.«
»Sie reden und reden, geht es dagegen um Ihre Person, fallen Ihnen notdürftige Worte ein; keine Gerüche, keine Geräusche, keine Bilder, keine Körper, keine Bewegung; wohl dringt etwas Licht durch den Torspalt, aber nichts ist sichtbar im Innern, der Monitor ist ausgeschaltet, und Sie verstecken sich im Geflacker einer Ölfunzel«, sagte ich.
»Das war Ihre zweite Frage, wenn man von der Form absieht und vom vorigen Manöver«, sagte Bishop, »ich will trotzdem antworten. Nichts entzückt uns mehr als die Fülle, außer dem Schein der Fülle, weil wir leer sind, und nichts begeistert uns mehr als der Schein des Üppigen, weil wir leer bleiben dürfen. Wir sind bis zum Kragen vollgestopft mit der größtmöglichen Überflüssigkeit, und in einen wahren Taumel geraten wir, in herzzerreißendes Schluchzen und in rasende Bewegung, wenn uns einer einzureden vermag, die Gaben, mit denen man uns besticht, seien in Wirklichkeit die Gaben aus uns selbst.«
Bishop trank aus der Flasche. Er rülpste und hob die Hand kaum merklich zur Entschuldigung.
»Ihr Rülpsen beeindruckt mich«, sagte ich, »endlich eine menschliche Regung.«
»Bin ich Ihnen häßlich genug«, sagte Bishop, »dann besteht ja kein Grund mehr zur Furcht.«

»Sie verlieren die Nerven, Bishop«, sagte ich.
»Erst wenn ich verloren habe«, sagte Bishop. »Dann spielt es keine Rolle mehr, ob ich die Nerven verliere, ich wäre längst verrückt, wären meine Nerven aus Stahl. Doch ist es mir ein persönliches Vergnügen, die Nerven zu verlieren, wenn nichts mehr zu retten ist.«
»Noch wissen Sie das nicht«, sagte ich.
»Leck mich am Arsch«, sagte Bishop, »ich habe einen guten Job angeboten, das ist alles.«
»Komm«, sagte die Schwester. Ich stieg zuerst die Leiter hinunter. Am Tor hörten wir Bishop schnarchen. Meine Schwester zog mich an der Hand zum Fluß. Es war kaum heller geworden, die Sonne war noch nicht aufgegangen. Ich verfolgte mit dem Blick die schnellen Füße der Schwester. Die Schwester sagte, und ich stolperte fast, so dicht rückte ich auf beim Gehen, um sie zu verstehen und nicht auf sie zu fallen:
»Warum hast du Bishop nicht gefragt, ob er der Verfolger ist?« Ich sagte:
»Ist er denn nicht der Verfolger?«
»Da du es denkst und da du dich irrst: Bishop ist weder der Verfolger, noch war er der Verfolger«, sagte die Schwester.
Ich sah nicht mehr ihre Füße, ich hielt mich an ihrer grünen Strickmütze fest.
»Bishop ist zu alt«, sagte ich.
»Damit täuschst du mich nicht«, sagte meine Schwester, »die Frage des Altersunterschieds wäre zu lösen. Gelingt dir dein Zeitknoten oder gelingt er dir nicht?

Ich weiß nicht, was das ist, aber ich weiß, daß dein Zeitknoten diese Frage lösen könnte. Ich frage mich nur, wie du so schnell altern kannst, ich aber und die Person, die als mein Bruder vor mir steht, nicht in der gleichen Weise gealtert sind wie Bishop.«

»Ich muß diese Frage lösen«, sagte ich.

»So löst du sie nicht«, sagte die Schwester, »du bist nicht Bishop, und Bishop ist nicht der Verfolger, und der Verfolger bist nicht du. Wäre es nach mir gegangen, die Reise hätte ein anderes Ende gefunden. Wach auf, wir haben in einem löchrigen Schelch einen Fluß zu überqueren. Wir kehren in das Gebäude zurück, in dem unser Büro ist. Das Bürohaus steht auf dem Gelände des Osthafens, es gehört der Firma ›Egyptian Import/Export‹. Die Firma befindet sich im Besitz einer Gesellschaft, die von der Anwaltskanzlei Altmann & Brower verwaltet und vertreten wird. Jonny Altmann, Lorbas Brower und Bishop besitzen Anteile dieser Firma wie viele andere Leute auch. Die Frage der Legalität ist ihr Problem, nicht deines und nicht meines. Wir kehren zurück ins Büro.«

Wir standen am Fluß. Es war kalt. Das würde sich ändern, wenn die Sonne aufging. Genaugenommen ging die Sonne gleichzeitig auf und unter; selbst wenn die Sonne über den Himmel wanderte, ging sie pausenlos auf und unter. Die Schwester stieg in den Schelch, ich warf ihr den Schnappsack zu. Ich schob den Schelch ins Wasser, in einen braunen ruhenden Brei, die Schwester stieß mit dem Ruder vom Ufer ab. Ich kletterte in den Schelch, die Schwester sorgte für das nötige Gleichgewicht. Wir trieben auf die Fluß-

mitte zu, so schien es, der Schelch drehte sich langsam um die Achse in einer elliptischen Bahn.
So könnte es gewesen sein.
So war es;
Nacht wäre gewesen

ZWEITER SKALP

Ein Idiot

Am Tisch saß ein Idiot
der hatte auch ein Bein
auch zwei
der hatte einen Zahn
auch zwei
der hatte einen Kopf
auch zwei
auch drei
er hatte ein Idiotenkind
das war auf einem Auge blind
es hatte aber drei
zwei waren grün
so sah es in die Welt hinein
den ganzen langen Tisch entlang
sah in die leere Schüssel
davor sitzt der Idiot.

Du Tier! schrie das Idiotenkind
gib mir mein Herz geschwind zurück
behalte deinen Zahn
auch zwei
auch drei
dein Bein
auch zwei
und deinen Kopf
auch drei du Hund
das Herz ist mir zersprungen
ich hatte auch ein zweites Herz
auch drei

die gib zurück und
auch die Axt
die brauche ich
zum Lieben.

Die beiden Köpfe geb ich dir
mein kleines Alabastertier
das Bein und einen Zahn
auch zwei
von meinen Köpfen
laß mir jedoch die Axt
die fährt mir in den Kopf
zieh ich sie aus dem Herz
die schlägt uns nur den Tisch entzwei
und unser graues Herz zu Brei
und auch der grünen Augen zwei
auch drei
sogar und
hetzt uns
um den Tisch
und treibt uns weg vom Fisch.

Der Fisch samt Axt und Tisch und Herz
sperrt dir das gelbe Maul
die Gräte hängt dir übers Kinn!
schrie das Idiotenkind
sprich nicht von meinem Herz
und nicht von grünen Augen
beiß in den Fisch
nicht in mein Herz
auch zwei

du hast ihn mit der Axt gefangen
und auch mein Herz dazu
den Fisch hast du gebraten
du hast ihn aufgegessen
mein Herz hast du gefressen
so bist du dagesessen
seit einer Stund und kugelrund.

Ich gebe dir den Rest vom Fisch
du gibst mir deine Haut
das ist ein schönes Kleid
für mich
das Bein den Zahn den Kopf
auch zwei
du kleine Mißgeburt
mit schwarzem Hals
und grauer Haut
und grünem Herz
so siehst du in die Welt
und in die leere Schüssel
den langen langen Tisch entlang
das Herz so fremd
auch zwei
die Axt die färbt mich rot.

Ich spei auf deinen roten Leib!
schrie das Idiotenkind
und auf die grünen Augen
ich brauch die Axt zum Lieben
der Tisch ist ein zu flacher Himmel
die Schüssel ist so leer

du bist ein abgebrannter Berg
ein Zwerg mit Riesenkopf
auch zwei
auch drei
ich schlag sie dir herunter
und nehm die Axt aus deinem Maul
die Gräte und die Herzen
den Tisch kann ich verschmerzen
dort liegst du auf dem Bauch

Dort liegst du mit dem Doppelzahn
in deinem gelben Maul
das Blut färbt dir die Köpfe ein
mein grünes Herz
auch zwei
auch drei
die schlag ich mit der Axt entzwei
und auch die Schüssel und den Tisch
ich geh
und übers Jahr
da werde ich dich lieben
auch zwei
auch drei
sogar
ich stürz auf deinen faulen Leib
zu meinem Glück wirst du von mir
zurechtgeschlagen.

Nacht wäre gewesen; ein Büro angemietet, mit geöffneten Fenstern, der geöffneten Tür; in den muffigen Fahrstuhl und hinunter und übers Gelände des Osthafens zum Schelch; zwei Sonnen, die eine rot, die andere blau; eine rote Sonne und eine blaue Sonne, damit sie zusammenfallen; Sonnenaufgang, Sonnenuntergang; damit zumindest zwei Worte bleiben in der verdammten Sprache; die Nacht, der Morgen; Nacht, nie in der erwünschten Finsternis, selbst mit aufgeschlagenen Augen, selbst mit zugeschlagenen Augen; damit zumindest ein Mückenschiß zu sehen ist oder die Gespenster; Morgen, damit das Wasser zu sehen ist; Altmann und Brower, Strongo und Bishop, das unbekannte Quartett; wieseln um das Bürohaus, tüchtige Menschen; das Büro, eine falsche Idylle; die Paradiese der Städte und der Natur sind den skalpierten Geschwistern ein krankhafter Schrecken; die Geschwister haben sich vor den Paradiesen geschützt, so gut es ging; doch das Paradies holt sie ein in ihrem Schrottbüro; jetzt, im Schelch, der Bruder, in einem kleinen Anfall von Schwäche, vornübergesunken, läßt die Ruder schleifen im Wasser; die Schwester, aufrecht, so weit zu erkennen, auf dem Kopf die Schnee-Eule, ein schöner lebender Hut; die Schwester und das Tier, unbeweglich, während meines kleinen Anfalls von Schwäche; der Schnappsack und die zwei Paar Füße im Wasser auf dem Boden des Schelchs, das aber nicht mehr steigt; also noch nicht im Büro, noch nicht wieder zurück, aber auch nicht in den Paradiesen der Städte und der Natur; das unbekannte Quartett außer Reichweite, aber auch ohne Belästigungen dieser oder jener Art; der Fluß in Bewegung, doch in keiner erkennbaren Bewegung; die Ufer scharf; eben noch nicht Morgen, eben gerade keine

Nacht mehr; da ist Altmann; Anwalt, Geschäftsmann, Liebhaber der Schwester, ehemals, wer weiß, ›Jonny‹ (Hans) Altmann, mit den beiden Staatsbürgerschaften der zwei Paradiese, der amerikanischen Staatsbürgerschaft, der deutschen Staatsbürgerschaft; sonst wissen wir nichts; da ist Lorbas Brower; Vorsteher einer Anwaltskanzlei und Compagnon; trägt Tag und Nacht einen Boxermantel, verheiratet mit Pinka Brower, die linke Hand abgehackt; sonst wissen wir nichts; da ist Strongo; ein Internatsvorsteher von Gottes Gnaden; Hüter des Erbguts, Hüter der Zukunft, Kinderlähmung, sonst wissen wir nichts; da ist Bishop; über ihn wissen wir nichts, außer Spekulationen; was bekannt ist von Bishop, können wir vergessen zugunsten der Spekulation; also wieder nichts mit dem Verfolger; da ist die Schwester; bring die Schwester um und schon hast du endgültig verschissen; so leicht ist die Schwester nicht aus dem Weg zu räumen, sie sitzt vor mir im Schelch; die Schnee-Eule ist tot, sagt die Schwester; woher weißt du das; die Kälte dringt in den Kopf ein, sagt die Schwester; aber die Eule blinzelt; woher weißt du das, sagt die Schwester, du sitzt vornüber gebeugt; ich habe mich einen Augenblick ausgeruht, doch meine Aufmerksamkeit ist die alte; nicht einmal die Strickmütze schützt mich vor der Kälte der toten Eule, sagt die Schwester; die Schnee-Eule ist nicht tot, sie ist ein lebender weißer Hut vor dem ersten Pinselstrich; auf grünem Grund, das ist wahr, so weit die Wolle der Strickmütze hervorlugt; da sind die Gespenster; das eine existiert (angeblich) nicht, der Verfolger; das andere, der Irre von Flemalle, führt eine räudige Schar an; von einem Sohn wissen wir nichts, aber es gibt einen Sohn; von Pinka Brower wissen wir nichts, aber es gibt sie; von einem Meier-Demiurg wissen wir ebenso wenig wie von einem Willi, Frank oder Sonny, obwohl ihr Leben bereits bis in die Unterhosen durchforstet ist; ein Widerspruch, doch auch davon nichts; von einem Paradies wissen wir nichts, aber es gibt Paradiese, wir fürchten sie; labor vincit omnia, wie Strongo zu sagen pflegt; verschmorte Zeit, ein einziges Glück hätte geherrscht, ein einziges für so viele; alles sei verloren gewesen, aber nichts umsonst; im übrigen alles aus dem ÄffÄff; alle Schreie verloren; das Zusammenleben in der Elefantengasse, in der ersten Zeit; auf dem Fensterbrett zur Straße ein Becher Kefir und eine Tüte Demetermilch; den Fensterladen zugezogen für die künstliche Nacht; der Flur mit dem gemeinsamen Gasherd und dem Münzautomat für die Groschen; den Münzautomat vollstopfen mit Münzen, das Badewasser einlaufen lassen im gemeinsamen Bad, wenn es frei ist, wenn die Nachbarin gerade kein Bad nimmt oder der Mann; vom Teekocher am Gasherd oder vom Badezimmer oder vom Zimmer hin zum Münzautomat und die Münzen einwerfen, solange Münzen vorhanden sind oder das Gas geht aus; ein graues, mit braunen Flecken gesprenkeltes Sofa, das als Bett dient; spät in der Nacht wagten wir uns auf die Straße, auf die Elefantengasse; es war Winter; wieder zurück in die Elefantengasse; wir lagen auf dem Sofa, im Nebenzimmer die Fickgeräusche der Nachbarin und des

Mannes; Au Au Au, schrie die Nachbarin, klappte doch prächtig, sagte der Mann; so jung und was für eine Sau, sagte der Mann; ein Büro hätte genügend Platz, sagte die Schwester, keine Nachbarn; mieten wir ein Büro; ich koche Tee, die Nachbarin rennt nackt über den Flur und grüßt; der Flur ist fensterlos, die Vierzigwattbirne brennt Tag und Nacht; zwei Stühle mit durchgesessenem Flechtwerk, ein Wohnzimmertisch mit abgerundeten Ecken, gelbe und hellblaue Rauten, und ein verkratztes Metallband schließt die Fläche ein; der aufgeklappte Koffer und die Reisetasche mit der Wäsche und den in der Eile zusammengerafften Habseligkeiten; kein Platz zum Ausweichen in der Elefantengasse, vor fünfzehn Jahren, außer wir legten uns zueinander; vom Zimmer in der Elefantengasse zu den Schlehenbüschen am Fluß in der Nacht; der ausgetrocknete Schuppenleib des Welses in den Dornen der Schlehen, ein ungnädiger Tod; mannshohe Brennesseln, aber nicht im Winter; Felder mit geschossenem Schnittlauch, lila Blüten; Klatschmohn im Sommer mit kopfgroßen Blüten; die Hände eintauchen ins Wasser, in den kalten Schleim des Flusses; der Stillstand im Schelch täuscht; die Flußströmung am Grund und die Wirbel, die alle Kraft sammeln, um die Wasseroberfläche zu spannen; der ins Schlehengebüsch geschleuderte Wels; die Kugelseelen sind finster, richtige Lichtfresser; das Zimmer in der Elefantengasse mit den abgewohnten grauen Tapetenwänden war wenig größer als das Zimmer der Schwester im Büro, doch bedeutend niedriger; eine Stehlampe mit drei Birnen, zwei durchgebrannten, zogen wir dort hin, wo Licht nötig war; die zweite Steckdose in der Diagonalen gegenüber, ebenfalls dicht neben dem Eck in Fußhöhe, eine zweite Möglichkeit, das Zimmer zu beleuchten; brannte die Lampe, krümmten sich die von den Körpern der Mieter und Vormieter angefetteten Wände auf uns zu; ein unentschiedenes Licht wie im Wasserschuppen, eine Notbeleuchtung; jetzt, außerhalb der beiden Zimmer, auf dem Boden und auf den Brettsitzen des Schelchs, der in der Wasserfläche steckt, sind die Wände nach außen gekippt; die glänzenden grauen Auen mit Mulden und Gebüsch; zu müde, um sich aufzustellen für ein Flußzimmer mit den Auen als Wänden und den beiden fehlenden Wänden vorn und hinten; zwei Richtungen wenigstens für den Blick; vielleicht reißt sich vorn der Osthafen los von der Erdkruste und plumpst in das Wasser samt Bürohaus und Kränen; die Angestellten von »Egyptian Import/ Export« retten sich in den für diesen Fall von Altmann & Brower bereitgehaltenen Schelchen; das blaue Licht oder das rote Licht der Sonnen, wenn es sie gäbe; die Geschwister im Streit, ob der Vogel lebendig ist oder tot; so ist das Licht, so drängen sich die Umstände auf; ändert sich das Licht, weil es eben gerade Morgen wäre oder eben gerade keine Nacht mehr, sähe das ganz anders aus; sieht es anders aus, aber wir wissen es noch nicht; wir wissen es, aber ich werde einen Teufel tun, ich warte diese eine Sekunde ab; doch ich warte nicht, bis der Geist über uns kommt womöglich; jeder Gegenstand im Wohnbüro hat uns ebenso wie im Zimmer in der Elefantengasse gezwungen dazusein; so heruntergewirtschaftet, häßlich, nutzlos konnte kein Gegenstand sein, daß er uns nicht grundsätzlich herausgefordert hätte; das Starkstromkabel hing von der Bürodecke und versah uns keineswegs mit Strom; seine Form eines S bedeutete gar nichts; keine Ahnung, ob überhaupt Saft drauf gewesen wäre für einen Starkstromapparat; das S, das wir in der gespiegelten oder ungespiegelten Form im Flußlauf gefunden haben, wurde manchmal von einem schnurgeraden Kanal durchschnitten; das war bei dem Starkstromkabel nicht zu machen; an die Möglichkeit, eine besonders starke Energie abzuzapfen, glaubten wir ohnehin nicht; das Kabel warf seinen Schatten, je nach Augenmerk, je nach Licht; Schatten mit herausgebleichten Farben; berührt haben wir das Kabel nicht, aber wer klebte das Wundpflaster ans Ende; und doch sog ich, in der Nähe des Kabels, die Luft ein, ob nichts durchgeschmort wäre, schnüffelte, als ob eine unmöglich ausfließende Elektrizität zu riechen sei; Stromausfälle, die wir erlebt haben, aber nicht im Büro; Strongo, mit seinen melodramatischen Kerzen, Strongos Lieblinge, mit ihren düsteren Taschenlampen und flimmernden Bildschirmen; Gerüchen, die nur ein Hund über ihre über ihre Widerwärtigkeit hinausreichende Besonderheit bestimmen könnte; Heilquellen, die versickern, kaum haben sie in der Nacht und am Tag ihre Wasser an die Erdoberfläche gepreßt; Schlafpavillons, zerstreut in einem traumtötenden Alptraumpark; in dem einige Alptraumdilettanten ihr Unwesen treiben; eine Schwester, die, eine sorgfältig gerupfte und tiefgefrorene Schnee-Eule auf dem Kopf, endlich mit angefrorenem Hirn in die Lache auf dem Schelchboden schlägt, ein Bruder, der sich gegen die Schnabelhiebe der Schnee-Eule nicht mehr wehren kann; ist das die mögliche Bewegung, nachdem der Schelch nicht einmal schwankt im Wasser; eklige Ohnmacht, ohnmächtiger Ekel; die Spuren vom Schweinfurter Grün an Rand und Innenseiten des Schelchs, mit den Fingernägeln leicht abzureißen; verschmiert vom Öl, das auf diesen vom Schweinfurter Grün bedeckten Flekken nicht eingedrungen ist; so waren doch die Schließfächer bemalt, ungeduldig, schlampige Pinselstriche; die Spuren von den Versuchen, mit Spachteln und Schraubenziehern und Messern das Schweinfurter Grün wieder herunterzukratzen; ob nun von der Schwester, ob von jemand anderem die Bemalung stammte oder das Herunterkratzen; ein geschichtsfeindliches Grün; nicht, was die Zeit aus Uccellos Grün gemacht hat; das Grün der Figuren, das die Farben abgeworfen hat; die Oxydationen zu schwarz und grün und rot; die schwarzen Himmel, die schwarzen Bäume, die schwarzen Wasser, die grünen Pferde; die drei erstarrten Schlachten in London, Paris und Florenz, gerade keine Bewegung mehr, gerade noch keine Bewegung; die vom Licht oder der Oxydation eingefärbten Getümmel mit den Kampfapparaten auf den Rücken der Tiere mit den Menschenaugen; Menschengesichter, von denen einige die in die Stirn gezogenen Uccellohüte tragen dürfen, zum Kampf der von den Hüten ausgehenden, die verschiedenen Perspektiven festschreibenden

Linien; diese also nach der Anzahl der Uccellohüte ineinandergekugelten und ineinandergeschachtelten Räume, von unsichtbaren Linien gezogen, die von den Hüten ausgesandt werden, durchstochen und durchkreuzt von den sichtbaren Lanzenstangen; das sichtbare Gewirr im Kampf mit dem unsichtbaren Ordnungswirrwarr der Perspektivenlinien, aber erstarrt; eingefroren, um festzuhalten für diese eine Sekunde, nach der die Schlachten losbrechen; nach der die Pferdeleiber und Menschenleiber sich aus den perspektivischen Verkürzungen, ob am Boden, weniger im Vordergrund, kaum im Hintergrund, in die Stellungen schieben, die uns sofort als wirklich vorkommen; vorausgesetzt, wir hätten Zeit zur Betrachtung, nach dieser Sekunde des Beginns der Schlachten; nach diesem möglichen Beginn der Schlachten; also weder Anfang noch Ende einer Schlacht oder gar der drei Schlachten, sondern die Entscheidung ist längst gefallen in dieser einen Sekunde, bevor der Kopf fällt; in der gerade der Kopf zu fallen beginnt; wo fest steht, daß alle besiegt sind, alle verloren sind; die Sekunde also, in der nur die Tiere mit geöffneten Augen bestehen können, die Menschen ihre Blicke erstarren lassen und ihre Augen brechen, um sich noch diese kurze Ewigkeit auszuruhen, bis die Augen wieder sehen müssen; auch mit herausgerissenen Augen, auch im Finstern, auch im Stande nachgewiesener Unschuld besteht der Zwang zu sehen; die erwünschte Erblindung, nach der wir süchtig geworden sind, die uns zum Leben notwendig scheint, die uns die Paradiese rettet, die uns vom Zwang zu sehen befreit; befreit zu einem Zeitpunkt, an dem noch keine Erblindung gefordert wird; nicht durch Augenausstechen und Augenherausreißen, sondern durch Augenvollstopfen und Augenvollkleben erreichen wir endlich die ersehnte Erblindung; nicht nur die Augen sind blind, der Körper ist blind, die Kugelseele ist geblendet, aus Augen, Ohren, der Nase, dem Mund quillt endlos das Schweinfurter Grün; längst sind die Körper unförmige Kegel mit Tropfnasen aus Schweinfurter Grün; nach meiner endgültigen Verwandlung in einen Schweinfurter Grünkegel vor gut drei Jahren, das Schweinfurter Grün floß und tropfte aus jeder Körperöffnung, sogar aus den verklebten Poren wurde es hervorgestoßen unter die Kruste des zur Kegelaußenfläche sich verhärtenden Schweinfurter Grüns, kroch ich, wie ein Erdferkel meinetwegen, durch die Erdmulden; mit der Erdkruste und der Dreckschicht auf dem Körper und folgerichtig auch auf der Kugelseele, soweit da von einem Außen die Rede sein kann, bin ich für die Schwester zu erkennen gewesen; die Schwester war andererseits für mich ohne weiteres zu erkennen; jedenfalls ist sie nicht in einen Schweinfurter Grünkegel verwandelt gewesen oder unkenntlich gemacht worden für mich; so gab es einen Grund mehr für mein Leben und Wesen in den Erdlöchern und Mulden und Erdgraben und Furchen; niemand benötigte meine Kunst, damals, beim angeblichen Einbruch ins verbrecherische Internat; ich hätte in Nullkommanichts einen kleinen Tunnel vom Rondell ins Internat gegraben; wahrscheinlich direkt vom Rondell in Strongos Büro einen

Gang für drei Männer; vielleicht wäre uns dann auch die Schwester gefolgt; immer und nur unter der Voraussetzung meiner Auffassung von Zeit, so ein Gang braucht seine Zeit; beschleunigt für euch alle durch den Einsatz eines genau für diesen Zweck geknüpften Zeitknotens; beschleunigt für euch, in Wirklichkeit verlangsamt aus Gründen der für einen solchen vom Rondell bis zu Strongos Büro durch eisenhaltige Wasseradern und Wurzelwerk und Grundmauern und Innenwände gegrabenen Stollen nötigen Arbeitsschritte; das stand nicht zur Debatte, Altmann hatte auf Brower und Strongo gesetzt, oder nur auf sich, jedenfalls nicht auf meine Kunst des Grabens; unser Rückzug wäre besonders einfach gewesen, doch Altmann hatte es wohl auf Ärger abgesehen; oder die Schwester verfolgte einen mir unbekannten Plan; auch dann hätten wir, wie jetzt, im Schelch sitzen können, in derselben Haltung, mit demselben Ergebnis; die um neunzig Grad von unseren Sitzplätzen nach außen gefallenen Auen hätten wir uns ebenfalls als ehemalige Wände denken können; auch wenn es nicht Frühjahr ist, dann bilden Fluß und Auen eine ineinander übergehende Fläche; jetzt liegt die Wasseroberfläche niedriger als die Auen; Wände mit grauem nassem Gras und mehr oder weniger waagrecht herauswachsenden Schlehenbüschen und Gesträuch; steiler als die rötlichen Holzwände des Paolo Uccello; die linke Außenwand seiner Arche aus der Vergangenheit, die rechte Außenwand der Arche bei ihrer Ankunft, zwischen denen die Menschen zusammengedrückt werden; auf ihren Erdinseln; Fässern; Flößen; Holztruhen; zwischen denen das Wasser steigt; obwohl es auch fallen könnte; steigt das Wasser, leben noch Menschen, fällt das Wasser, sind alle tot, außer den bekannten Überlebenden; oder, die beiden Holzwände sind die Innenwände der Arche, am Fußboden sammelt sich und steigt das Wasser; das Dach nicht zu sehen; hinten fehlt die schützende Wand, Wasser dringt ein und Sturm und Unwetter; vorn fehlt die Wand für die Betrachter, die durch eine Holzwand die Menschen nicht betrachten könnten; wahrscheinlich sind es die Außenwände der beiden Archen aus Vergangenheit und Gegenwart und eben nicht aus der Zukunft; trotzdem wird der Betrachter, dessen Blick von unten auf das Geschehen trifft, in einen Innenraum gezogen; er wird irritiert, weil er sich in diesen Raum gezogen fühlt, aber er weiß, daß er in einen von zwei Archenwänden abgeschnittenen Außenraum blickt und außerdem sich außerhalb befindet; obwohl er aus seiner Zeit hineingezogen wird in einen Raum, der aus einer Fläche besteht, von etwas, das nicht existiert; zwei Uccellohüte sieht er da, nachdem er die gleichfarbenen Figuren unterschieden hat; einer der Hüte auf dem Kopf einer Frau, wie es sich gehört; der andere Hut um den Hals einer Frau, wie es sich nicht gehört für einen Hut, sondern für einen Halsreif; dieser ehemalige Hut, jetzt Halsreif, ordnet die Verwirrung; oder der heruntergerutschte Hut und der Hut auf dem Kopf legen die beiden Ordnungen fest, nach denen sich dieses Bild verwirrt; aber unser Schelch ist nun keineswegs eine Arche; kein Wasser steigt, kein Wasser fällt;

keine Inselchen im Fluß, keine Holzfässer, Tische, Flöße; kein Wind, kein Unwetter, gleichgültig in welcher Erstarrung oder Bewegung; die Geschwister, bewegungslos im Augenblick, außer dem Herzschlag und den lebenswichtigen Bewegungen im Körperinnern und Innern der Kugelseelen; keine Herzschläge für Uccellos Figuren, wenn auch alle Beweglichkeiten der Erstarrung; die Schnittpunkte verloren, trotz Fluß und Schelch und Osthafen flußabwärts und Ufer und Auen und Tier und Geschwistern; wäre doch nicht nötig gewesen, das noch zu erwähnen; und die Schnittpunkte im Himmel zu suchen und darüber hinaus, na, gute Nacht; Linien, bitte sehr, solange es Spaß macht, die Linien vorzuzeigen, die unsere Schulmeister mit dem Lineal übers Gesäß ziehen; fällt dann das Licht durch die Jalousien liniert in die Räume, war es wieder nicht recht, weil nicht jede Lichtlinie eine Linie ist; aber die Jalousie im Wohnbüro war die meiste Zeit zugezogen wegen der Schnee-Eule; einem so edlen Tier wird man doch nichts antun; von einem eisernen Ur kann man schon mehr verlangen, er gehorcht schließlich den Gesetzen der Kunst, hat zu gehorchen; ein Ohr übrigens abgerissen, nachlässige Schweißnaht; das Eisen unterschiedlich dick gegossen; es ist die Frage, ob aus technischen oder künstlerischen Gründen; auch ein eiserner Ur wurde als Zimmer mißbraucht, als Regenschutz, zum Unterstellen, in unserem Fall Unterliegen, warum also nicht ein Schelch zum Übersetzen; warum nicht eine Jalousie zum Abdunkeln; warum nicht eine Schnee-Eule als Kopfbedeckung; warum nicht Erde zum Essen und Wasser zum Trinken; warum nicht ein Büro zum Wohnen; warum nicht ein Erdloch zum Schlafen; warum nicht eine Bauklammer zum Zählen; warum nicht ein Verfolger zum Davonlaufen; warum nicht ein mit Schweinfurter Grün befleckter Schelch als Fluchtwerkzeug vor einem Verfolger, der gewaltige Strecken bewältigt; gerade wenn der Schelch im Wasser steckt, nicht etwa ruht; mit diesen Brettern als Sitzen, mit schief und krumm zur Seite eingehauenen Nägeln; warum nicht der Sessel aus dem Büro mit den runden, von den vielen fettigen Haaren speckigen Kopfstützen im Schelch; ich bräuchte nicht vornübersinken, nicht aufrecht mit dem Beginn des Schwankens rechnen müssen, nicht den Oberkörper in der Balance halten; einen großen Schaden hätte die Wasserlache den Holzfüßen dieses Sessels nicht zugefügt; für einen immerhin wäre die Überfahrt bequem gewesen; ich wäre sofort auf einen von den Rudern und der Menschenkraft angetriebenen Schelch gesprungen; wie der Körper mit allen dazu erforderlichen Gliedmaßen das warme Wasser zerteilte, die Fußballen und Zehen über die Steine glitschten, die Arme und Hände die Algen zur Seite schoben, die Beine sich aus den Algen befreiten; und hätte der Sessel Platz gehabt im Schelch, warum nicht auch das Emailbett; einen Versuch wäre es wert gewesen; man bedenke die Aussicht, die noch größere Ruhe, ein Nickerchen vielleicht beim Übersetzen; die trockenen Füße; abermals der Versuch, eine einzige Nacht herzustellen, das Licht nur nach Wunsch und auf die genau bestimmte

Dauer in der gewünschten Dosis einzulassen; auf den Körper fallen zu lassen; und so mit der Luft, dem Regen, dem Schnee; und so mit den Bildern, den Geräuschen, den Gerüchen, den Menschen, den lebendigen Seelen und den toten Seelen; so daß die Gespenster langsam zutraulich werden; so daß wir noch einmal zu sprechen lernen in der verwünschten Sprache; einen Beginn ertrotzen für alles, was liegen geblieben ist; ein Ende ertrotzen für alles, was zu beenden ist, was überfällig ist; ertrotzen genügt nicht, aber wir verkleinern uns auf die von allen gehaßte Größe; solange der Tag durch das Licht verfinstert wird, solange die beiden Sonnen, die eine blau, die andere rot, Tag und Nacht beleuchten; damit wir nicht sofort zerstören müssen, was gerade entstanden ist; damit es das Büro gibt, auch wenn wir im Schelch sitzen; auch wenn es nicht sicher ist, ob wir vom verbrecherischen Internat kommen oder unterwegs sind ins verbrecherische Internat, zum Wasserschuppen, zum eisernen Ur; unerträglich, wenn das Büro in Flammen aufgeht, ob nun aus Unachtsamkeit oder angeblicher Unachtsamkeit von uns, ob von Altmann oder Brower inszeniert für den geplanten Abriß; der Einfluß der Schwester auf Altmann ist fragwürdig genug; schließlich verbrennt niemand so leicht, wenn er mitten auf dem Wasser in einem Schelch hockt, weitab vom Feuer; ein befürchteter Brand, für den es fast keine Anzeichen gibt; das Bürohaus einäschern hieße mit den Geschwistern Schindluder treiben; die unwichtigsten Dinge, die Altmann retten würde, die wichtigsten ließe er verbrennen; in aller Gemütsruhe sähe er zu, wie ein paar mutige der in Sicherheit gebrachten Angestellten von »Egyptian Import/Export« ins Haus zurück liefen und das kurze Beil neben dem Kasten für den Wasserschlauch abrissen; mit diesem Beil schlüge einer den Kasten ein und nähme den Schlauch heraus; wie der viel zu knappe Wasserschlauch brüchig geworden wäre in all der vergangenen Zeit, die Anschlußstelle der Wasserleitung eingerostet, der Wasserdruck zu schwach für einen ohnehin zwecklosen Löschversuch; am merkwürdigsten wäre dann ein Ruderschlag, der diese Sekunde vor dem Beginn der Normalzeit beenden würde, um uns ans diesseitige oder jenseitige Ufer zu bringen; zum Osthafen oder zum Pfad durch die Auen in Richtung Wasserschuppen; nimm mir das Tier vom Kopf, es wird mir zu schwer, sagt die Schwester; klatsch in die Hände, dann fliegt es auf und davon; eine tote Eule, sagt die Schwester, das zeig mir einmal; neig dich zur Seite, dann fliegt sie ins Wasser; eine Schnee-Eule, die ins Wasser fliegt, sagt die Schwester; sie fliegt nicht ins Wasser, weil sie nur schläft, wenn das Getier über die Augen huscht, wird sich die Eule schon drauf stürzen; wenn sie Hunger hat, sagt die Schwester, wenn es nicht hell wird, falls sie tatsächlich lebt; lebte das Tier denn im Wohnbüro, frage ich mich; beim Verlassen einer der drei Kabinen, wenn der Blick über Bett und Sessel hinweg wie von selbst auf die auf dem Geäst wie leblos festgekrallte Schnee-Eule fiel; jedes Schnaufen und Losfliegen und Jagen als die Folge von Erwecken und Wiederauferstehen; manchmal hatte ich in einer der

Kabinen oder in beiden die Wasserhähne aufgedreht; einen Wasserhahn zumindest, besser beide, dazu bringen mögen zu tropfen; einen Rhythmus der Tropfen des einen Wasserhahns in Übereinstimmung mit dem anderen Wasserhahn erzeugen mögen; oder, falls gewünscht, durch Auf- und Zudrehen eines Wasserhahns Unregelmäßigkeiten der fallenden Tropfen; um zu horchen; um auf dem Bett, im Sessel, auf dem Kinosessel, im ganzen Raum die Ohren zu spitzen für immer zwei zur selben Zeit oder versetzt fallende Wassertropfen; zu hören möglicherweise sogar beim Schnorcheln und Tönen der Heizkörper; so hätte das Wasser, zwar nicht zum Trinken, so doch zum zeitweiligen Einteilen von Nacht und geschaffener Nacht gute Dienste leisten können; aber die Wasserhähne waren leer; doch selbst das Flußwasser hätte für diesen Zweck getaugt; es wäre dem Fluß entnommen worden, ins Wohnbüro hochgepumpt in Form von Tropfen durch die Wasserhähne durch die Waschbekken und die Rohre in den Fluß zurückgeflossen; daß die Schwester überhaupt ein Büro mit kaputten Wasserhähnen von Altmann & Brower hat anmieten lassen; auf diese eine Reparatur hätte sie auf keinen Fall verzichten dürfen; der Lastenaufzug funktionierte, die Bürotür schloß und war zu öffnen, warum also nicht auch zwei Wasserhähne mit zumindest tropfendem Wasser; aber Altmann & Brower, von den Geschwistern nicht grundlos auch Angie & Bianca genannt, lebten in ihren Paradiesen, wo Wasser und Honig fließen; als Jonny Altmann in Frauenkleidern die Schwester zu einer Spazierfahrt in die Stadt abholte, und im Wagen Lorbas Brower, unter dem Boxermantel ebenfalls in Frauenkleidern, saß; und da glaubte man den Herrn Anwalt und den Herrn Kanzleivorsteher zu kennen; Angie Altmann und Bianca Brower ihre Kleidung als Verkleidung für eines ihrer Geschäfte bezeichneten; was mich, auch beim zweiten und allen weiteren Verkleidungsanlässen, ebenso kalt gelassen hat wie Pinka Brower und Altmanns kleine Nutten, sagte die Schwester; im Gegenteil sogar Auskunft gab und Ratschläge bei der Erweiterung und Komplettierung des Kleiderfundus der beiden; Altmann behauptete sogar, nur als Angie Altmann an einen ausreichenden Morphiumvorrat heranzukommen; das Morphium, das die Schwester von Zeit zu Zeit auswechseln ließ, wie ich erfuhr, und das Angie Altmann oder Bianca Brower als Jonny Altmann oder Lorbas Brower, niemals als Altmann & Brower, wieder dem Markt zuführten; die Schwester im übrigen darauf bestand, mir das Versteck des Morphiums zu verheimlichen; das Versteck, das nur in einem der mit Schweinfurter Grün verschandelten Schließfächer zu finden war; ein Versteck, das ohne Zweifel, das Morphium eingeschlossen, jetzt noch weniger Sinn hatte, da wir in dieser nicht mehr wahrnehmbaren Bewegung oder Unbeweglichkeit von Fluß, Wasser, Schelch, Geschwistern, Tier, Erddrehung und Lauf des kalten Gestirns zu aber auch keiner Sekunde das Morphium erreichen konnten; Altmann besorgt das Morphium, ob als Angie oder Jonny, der Hutch, wie die Schwester sagt, ein Hutch aus der Familie Strongo; als hätte Strongo eine Familie, zu der Jonny oder Angie Altmann gehören könnte; manchmal greift die Schwester daneben, dann aber herzhaft; Altmann, der Hutch, da mag die Schwester recht haben, Bianca oder Lorbas Brower, ein Hutch, wäre ein Irrtum, jedoch kein schwerwiegender; Altmann, ein Hutch, wie er im Buche steht, eben kein Gauner mehr, eben noch kein Gangster, sondern ein Hutch wie er leibt und lebt; Lorbas Brower, eine Bianca im Boxermantel mit Armstumpf; zum Rudern waren doch beide gut, ob Angie & Bianca oder nicht; Altmann zumindest, ob Hutch oder nicht; und Brower mit seinem rechten Arm und seiner rechten Hand; könnten es sein, säßen sie mit uns im Schelch; mich hindert am ersten Ruderschlag der auf dem gespannten Wassertuch festgeklebte Schelch, durch dessen Boden das Wasser durchgezogen ist, als gäbe es keine Holzplanken; die bleifarbene Wasseroberfläche infiziert mich mit ihrer Spannung, lähmt, hält mich fest; Faulheit, sagt die Schwester; nachdem ich die tote Schnee-Eule von ihrem Kopf heruntergestoßen oder zum Leben erweckt und verscheucht hätte, sollte ich sofort anfangen zu rudern; oder meine Schwester, befreit vom Eulengewicht, an meiner Stelle; doch auch der Schwester fehlte die Entschlußkraft, sobald es sich um den Dreck im Büro handelte; an meine reinlichen Erdmulden und Erdlöcher gewöhnt, machte einem ja im Büro der Dreck den Platz streitig; dieser in der Nähe von Bürotür und Lastenaufzug aufgetürmte Schuttplatz mit den Blechverpackungen und Gläsern, sich zersetzenden und vor sich hingrabelnden Essensresten; der bisweilen aus Lastenaufzug und Schließfächern herausquellende Müll; der verschmierte Linoleumboden, die verschlierte Bürodecke; die im ganzen Büro herumfliegenden Federn der Schnee-Eule; der zertretene Kot, die zermatschten Überreste der Kleintiere; der Gestank; die blinden, verschmutzten Glasflächen der Fenster, die oft genug angeschimmelte Wäsche; aber wem den Vorzug geben, dem Büro oder unserem gegenwärtigen Aufenthalt; das Himmelszelt ist mit abziehenden oder aufziehenden Wolken heruntergedrückt; ein bißchen Licht blitzt durch, das ist nicht abzustreiten, aber woher; im Wasser spiegelt überhaupt nichts, weder Wolken noch Himmelszelt; und spiegelt sich etwas, ist es nicht sichtbar für mich; eine unbrauchbare Wolkendecke, ein unbrauchbarer Wasserboden; doch es gab nicht nur einen Schrotthaufen, es gab im Büro diesen mich beruhigenden Lebensmittelhaufen; beruhigend, weil er da war, beunruhigend, was da war; nur die viel zu reichlichen von Altmann & Brower herbeigeschafften Lebensmittel konnten nicht immer schnell genug zur Lebensmittelwand aufgestapelt werden; fast ein Überfluß, wie ich ihn zu früherer Gelegenheit ebenfalls nicht genießen konnte; als die Liebe der Menschen, das Ansehen und das Geld der gerechte Lohn für den Embryohandel gewesen sind; doch sind auch diese Bilder verdorben, wie alle beweglichen Bilder in ihren unterschiedlichen Stadien der Versteinerung; wie ein Fluß, dessen Versteinerung bevorsteht; selbst ein Lastenaufzug, vollgeladen hochgezogen und hinuntergezogen an einem fettigen schwarzen Hanfseil, konnte unterwegs mit dem Steinschacht verwachsen; selbst die schlafende Schwester, deren Atem ihren Körper bewegte, schien nicht gefeit gegen die Erstarrung; die Schlafanfälle seit der Berührung mit der Neuen Welt, mit Phil Spectors kleinem Medienzirkus; erst die Verkleidung in eine Tote, dann die Verwandlung in eine Tote, dann die Rückkehr aus der Totenwelt; ebenso wie meine Verkleidung, Verwandlung, Rückkehr, Medienzirkus oder Embryozirkus; um, in einem der drei Kinosessel zwischen dem Zimmer der Schwester und dem Lastenaufzug, noch einmal zu betrachten, was zu betrachten ist; ja, in einem der Kinosessel, möglichst aus dem Blickwinkel von einem der drei Kinosessel, mit ausgestreckten Beinen, mit bis in die Kugelseele ausgestrecktem Kopf; der getrübte Blick durch die Glasscheibe auf den Osthafen, der scharfe Blick, unmöglich mit den zwei müden Augen; was sehen Sie, Herr Skalp; was hören, riechen, schmecken Sie, Herr Skalp; von Berührungen nehmen Sie ja Abstand, so weit möglich; sprechen Sie, Herr Skalp, aber nur, wenn Sie niemand fragt; schreiben Sie es auf, wenn Sie stumm sind, nicht sprechen wollen, notieren Sie, diktieren Sie meinetwegen; Hauptsache, niemand hat danach gefragt, Herr Skalp; fangen Sie von vorn oder von hinten an, zäumen Sie das Pferd vom Schwanz auf oder schneiden Sie sich die Kehle durch; zeigen Sie, wie eine Schnee-Eule auf dem Kopf Ihrer Schwester verfault; Verzeihung, oder lebt und schläft und den Kopf wärmt oder einfriert; Herr Skalp; verweigern Sie ruhig nähere Einzelheiten über Ihr inzestuöses Verhältnis mit Ihrer Schwester, Herr Skalp; bringen Sie mich ruhig zur Weißglut oder bringen Sie sich selbst zur Weißglut, Herr Skalp; ersparen Sie uns nicht den Anblick Ihres skalpierten oder angeblich skalpierten Kopfes, Herr Skalp, oder den in gleicher Weise von wem auch immer skalpierten Kopf Ihrer Schwester; legen Sie ihre aufgeschlitzte Hand auf die Wunde, Herr Skalp; fressen Sie Erde, doch fressen Sie nicht alles in sich hinein; aber machen Sie bitte nicht kaputt, Herr Skalp, was Sie noch gar nicht aufgebaut haben; lassen Sie getrost die Frucht Ihrer schuldlosen Verfehlung in einem verbrecherischen Internat oder geben Sie die Leibesfrucht in eine Anwaltskanzleilehre; lassen Sie uns im Unklaren über Ihre Eltern, die Sie wohl nicht gleich umgebracht haben wollen, oder über Ihr Elternhaus, das Sie wohl nicht gleich dem Erdboden gleichgemacht haben; Herr Skalp; gleiten Sie durch Ihre Erdmulden, Wohnbüros, Internate und Wasserschuppen, Ihre Flüsse und Auen und Trampelpfade; stehlen Sie uns doch die Zeit mit Ihrer sogenannten Sekunde, versuchen Sie's ruhig; verknoten Sie sich Ihren Hals mit Ihrem Zeitknoten, Herr Skalp; lassen Sie die Steine schreien, einen Herrn Bishop einen Hochsitz hochklettern, eine Schar Gespenster spuken; begraben Sie Ihren Verfolger, verfolgen Sie sich selbst, jagen Sie Ihren Verfolger; schmieren Sie sich oder Ihre Schwester mit Honig ein oder was Sie sonst in Ihren Lebensmittelbergen finden, Herr Skalp; graben Sie Ihre Wasserkanäle, schlurchen Sie durch den Osthafen, paddeln Sie hin oder zurück oder vorwärts oder rückwärts auf Ihrem Flußsumpf;

reden Sie, Herr Skalp, sprechen Sie in der gehaßten Sprache; geben Sie uns ein sinnloses Zeichen, Herr Skalp; damit wir das Paradies überleben, Herr Skalp, und wenn wir als Tote überleben; saufen Sie sich die Hucke voll, Herr Skalp, solange es kein ›Eis-Wasser‹ ist, solange es keine Extraportion ist; das müssen wir schon sagen dürfen, Herr Skalp; das müssen Sie schon aushalten, das Glück; das müssen Sie sich schon gefallen lassen, daß wir Sie lieben, Herr Skalp; nur, Skalp, reden Sie sich nicht an der falschen Stelle heraus; lassen Sie's gut sein, Skalp, wenn Sie unser Wohlwollen überflutet; geben Sie sich einen Ruck, Skalp, wenn wir Sie aus Ihrem beklagten oder geliebten Dreck holen; sagen Sie nicht, Sie hätten alles gewußt, Skalp, sagen Sie nicht, Sie hätten nichts gewußt; vergessen Sie den Uccellohut und setzen Sie Ihren Schnappsack als Kopfbedeckung auf; bei Gefahr den Schnappsack entsprechend tief über den Kopf ziehen; guter Skalp, nehmen Sie weiter auf nichts oder Nichts Rücksicht; möglichst bei freier Sicht; guter Skalp, besingen Sie unser Paradies, unsere Augen, unseren Klatschmohn, unsere Schlehenbüsche; den geschossenen Schnittlauch, einen mit Schweinfurter Grün einstmals angestrichenen Schelch, Skalp, ›besingen‹ nicht unbedingt wörtlich nehmen; also gut, *Herr* Skalp; *Herr* Skalp, betrachten Sie den aufgeplatzten austrocknenden Wels, den Vögel und Tiere in Ruhe lassen; sogar die Kiemenfäden sind unversehrt; obwohl der tote Leib des Welses im Schlehengebüsch, aufgespießt von den Dornen, durchaus zugänglich wäre für einen hungrigen

Schnabel oder ein gefräßiges Maul, *Herr* Skalp; Skalp, tun Sie uns den Gefallen, überlegen Sie es sich noch einmal mit der Schnee-Eule; der Kopf Ihrer Schwester ist verunstaltet von dem weißen Federberg; bei diesem Licht, das herrscht, können Sie außerdem nicht von weiß sprechen, Skalp; ein grauer gesprenkelter Federberg ist auf den Kopf Ihrer Schwester gestülpt; Ihre Schwester friert, trotz grüner Mütze, trotz grauem gesprenkeltem Federberg der Schnee-Eule, immer noch aufrecht; Ihnen, Skalp, gegenüber auf dem Holzsitz; nichts für ungut, Fräulein Skalp; gehen Sie, Skalp, woher Sie gekommen sind; sprechen Sie mit den Toten, sprechen Sie mit den Gespenstern, sprechen Sie mit dem Irren von Flemalle; schauen Sie, damit Sie genau sehen, wie die Geschwister untergehen; sind Sie froh über diesen Beginn; na, Skalp, reicht's; quellen die Schuhe, sind die Hosenbeine feucht bis zu den Knien; kehrt die ungeliebte Kälte zurück; war das die Nacht; war das die beschworene Sekunde; oder immer noch kein Morgengrauen, und immer noch keine Nacht mehr; das Ende der Nacht, der sofort der Abend folgt; das Abendgrauen; bis die Sonnen aufgehen, die rote, die blaue; aber welche für die Nacht und welche für den Tag; die eine als Irrtum, die andere als Irrsinn; aber nicht für die Geschwister, Skalp; meine Schwester, Skalp, wage das zu sagen; damit zwei Worte bleiben in der verfluchten Sprache; meine Schwester, mein Irrtum, Skalp, wag es zu sagen; meine Schwester, mein Irrsinn.